鹦鹉螺船长

YINGWULUO
CHUANZHANG

鹿鹿◎著

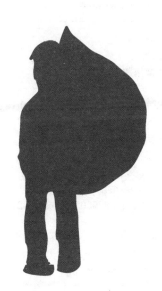

哈尔滨出版社
HARBIN PUBLISHING HOUSE

图书在版编目（CIP）数据

鹦鹉螺船长 / 鹿鹿著 . — 哈尔滨 : 哈尔滨出版社，
2022.9
ISBN 978-7-5484-6594-2

Ⅰ . ①鹦… Ⅱ . ①鹿… Ⅲ . ①故事－作品集－中国－
当代 Ⅳ . ①I247.81

中国版本图书馆 CIP 数据核字 (2022) 第 119663 号

书　名：鹦 鹉 螺 船 长
　　　　YINGWULUO CHUANZHANG
————————————————————————————————————
作　者：鹿 鹿 著
责任编辑：韩伟锋
封面设计：树上微出版
————————————————————————————————————
出版发行：哈尔滨出版社（Harbin Publishing House）
社　址：哈尔滨市香坊区泰山路 82-9 号　　邮编：150090
经　销：全国新华书店
印　刷：武汉市籍缘印刷厂
网　址：www.hrbcbs.com
E-mail：hrbcbs@yeah.net
编辑版权热线：（0451）87900271　87900272
————————————————————————————————————
开　本：880mm×1230mm　1/32　印张：6.5　字数：124 千字
版　次：2022 年 9 月第 1 版
印　次：2022 年 9 月第 1 次印刷
书　号：ISBN 978-7-5484-6594 2
定　价：68.00 元
————————————————————————————————————
凡购本社图书发现印装错误，请与本社印制部联系调换。
服务热线：（0451）87900279

目
MULU
录

| 第一篇 |
DI YI PIAN

大地的笑声

大地咧开嘴角

笑声里涌出花的温泉

一朵两朵三朵

一朵两朵三朵

仿佛太阳在地里种了

玉米汁一样甜的牙齿

好像小草鼓起腮帮子

吹出五颜六色的肥皂泡

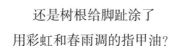

还是树根给脚趾涂了
用彩虹和春雨调的指甲油？

花朵手挽手跳快步舞
大地是花朵的留声机
在白天和黑夜的唱针上
旋转她们
火苗一样的笑声
海浪一样的笑声

和午睡一样
沉甸甸的笑声

一朵两朵三朵
一朵两朵三朵
大地在笑声中流出苹果
流出芝麻
流出樱桃，流出稻谷，流出大海的果园
在花朵的裙摆上起伏。

——鲁卡系列故事

鲁卡和花的王国

鲁卡想送给妈妈一朵小花，因为妈妈喜欢可爱的花朵。

他跑到一片草地上去找，可是一朵花也没有找到。它们全都失踪了。被太阳照得发亮的草地上只闪烁着一个巨大的金喇叭，坐在一个旋转的圆盘上，上面孤零零地走着一根细细的银针。

这是什么东西呢？鲁卡好奇地朝大喇叭里面看，他什么也看不见，但却能听到有声音好像从很深很深的地方传上来。于是他干脆爬到了大喇叭里面，却一不小心整个人都掉了进去，原来下面有个洞！

鲁卡觉得自己好像坐在一个滑梯上，一边转一边往下滑，一边滑一边往下转。他越往下滑那声音就越响，最后他的耳朵都快震聋的时候，他终于扑通一下摔倒在地上。

这一摔，四周突然安静了。鲁卡发现原来不见了的小花全在这里！

她们正手拉手围作一只只花环在跳快步舞，突然鲁卡从天而降，大家都愣住了。小花眨着眼睛瞪着鲁卡，鲁卡也使劲儿地眨眼睛瞪着小花，直到一朵摇晃着一脑袋铃铛的风铃花走过来对他说：

"你是一朵花吗？"

"我是鲁卡。"

"鲁卡是什么花？"

"鲁卡不是花，鲁卡是我的名字！"

听到这里，风铃花又回到了伙伴当中。只见小花们
不停地打量着鲁卡，开始交头接耳。又过了一会儿，好
多好多小花从花环上走了下来，围在鲁卡身边又交头接
耳了一阵。最后，它们好像终于商量好了。

小花们包围了鲁卡，有的给他洒香水，把他弄得黄
澄澄的，像玉米汁一样甜；有的拿着彩虹调色板给他涂
指甲油，手指甲和脚指甲全都涂满了，有浓有淡，深深
浅浅；有的给他头发上扎蝴蝶结，可是它们老是皱眉头，
因为鲁卡实在没有多少头发；有的不断往他耳朵里吹泡

泡，每吹一次，鲁卡就觉得自己好像变小了那么一点儿；还有的给他穿衣服、穿舞鞋、戴手套，全部都是用花瓣做的。

鲁卡扭来扭去，可是小花还是手脚利索，忙得不亦乐乎。最后，当小花们终于大功告成，便从鲁卡身上撤退了下来。最先和他说话的风铃花从自己的大眼睛里拿出一面镜子推到鲁卡面前，示意他自己瞅瞅。

鲁卡一看，天哪！原来小花们把鲁卡也打扮成了一朵花！所有的小花此时都咧嘴笑了起来，它们对鲁卡焕然一新的模样感到非常满意。现在，它们拉起鲁卡的手让他走到了花环上，和大家一起跳快步舞，唱哈哈歌。

这种舞蹈和歌曲原来是像感冒一样可以传染的，鲁卡一下子就被染上了，他和小花们又唱又跳，转了一圈又一圈，原来那震耳欲聋的声音就是小花的舞声、歌声和笑声啊！鲁卡从没见过这么多小花在一起，他高兴极了，他真想把它们全都带回家送给妈妈。

但不一会儿，喇叭里却传来妈妈着急的声音："鲁卡，你在哪里？"

鲁卡连忙大声地对着喇叭回应道："妈妈，我在这里！我和小花在一起！"

小花们哄堂大笑，它们笑什么鲁卡也不知道。鲁卡决定要回家告诉妈妈，于是他一边跳着舞一边朝喇叭口跑去。小花们也并不阻拦他，它们反而把自己连成一条长长的花绳子，让鲁卡抓住花绳子往上爬。

最后，小花和鲁卡就像彩色纸片一样从大喇叭里喷出去，落在了草地上。鲁卡就坐在花丛里，好像坐在一块缤纷的桌布上。但是那个大喇叭却不见了，原来的地方只有一丛可爱的风铃花。

"鲁卡，你跑到哪里去了呀？"这时，妈妈终于找到鲁卡。

鲁卡兴奋地告诉妈妈："我在找花！"

妈妈看见满地的花，也十分喜爱，就和鲁卡一起坐在了花丛里。美丽的风铃花在一旁摇摇曳曳，妈妈忍不住采了一串，那些小花铃抖了抖，抖出个东西来，掉在妈妈的手心里。

"鲁卡，看！一个好小好小的留声机啊！"

鲁卡看到，那正是一个金色的小喇叭坐在一个小小的圆盘上，上面搭着一根拇指尖大的小银针。

"什么是留声机，妈妈？"鲁卡问。

"留声机是一个能把声音储存起来再播放出来的机器。"妈妈对鲁卡说。

鲁卡笑了，他对妈妈说："我知道里面是什么声音！你听！"

妈妈就把耳朵贴在那个小喇叭上。

忽然，那个圆盘转了起来，银针走了起来，喇叭里也飘来了一种声音。

妈妈和鲁卡一样，从留声机里听到了花朵的笑声，从地下很深很深的地方传来。

| 第二篇 |
DI ER PIAN

吻

是小雨落在脸上
唇边芳草萋萋
是蜂鸟颤动闪电的翅膀
接近吊钟花修长的呼吸
是午后切开一颗草莓
闻到清晨一样的眼泪
是海浪凶猛地扑来
深藏雪花的足迹
是小狗舔它心爱的骨头
和妈妈舔她心爱的小狗
是眼睛从黑夜苏醒
闪现一千种惊喜

是一团明媚的小火
我们坐在火旁
烤栗子，取暖，欢声笑语
谁也不愿意离去。

鲁卡和蜗牛的吻

（一）哭泣的蜗牛

鲁卡的家里有一片小菜园，那里面有正在拔苗的小番茄、甜辣椒、长豆角、黄瓜和秋葵。有一天，鲁卡来到小菜园，在一片水灵灵的叶子下面，有一只小蜗牛正在轻声哭泣，它的眼泪是亮的，掉在黑黑的土里，就像一个玻璃做的小池塘。鲁卡拨开叶子正要浇水，小蜗牛突然哇地一下大哭起来，把鲁卡吓了一跳。

"你，你怎么了？"鲁卡好心地问蜗牛。

小蜗牛张开针尖一样大的嘴，说着针尖一样细小的话，鲁卡听不懂。鲁卡越是听不懂，小蜗牛就越是哭得厉害。鲁卡都快把耳朵贴到了地上，才听明白小蜗牛在说什么。

原来它在说："我是一只倒霉的蜗牛，你能不能亲我一下？"

这两件事在鲁卡听来真是荒唐透了。

他就问："你为什么倒霉？我为什么要亲你一下？"

小蜗牛回答说："没有人亲我，所以我倒霉。"

这是什么道理呢？

鲁卡又问："可是……为什么要我亲你呢？"

小蜗牛似乎被这个问题难住了，它也在苦苦思索这个问题：

"为什么，为什么，为什么，为什么，为什么，为什么……为什么你要亲我呢？"

在无数个为什么之后，小蜗牛还是没有答上来，于是它又号啕大哭起来，它那顶在脑袋上的眼睛像喷水壶一样把鲁卡的鞋子都给淋湿了。

鲁卡希望小蜗牛不要再哭了，于是他说出了一句非常有勇气的话：

"你别哭了，我亲你一下就好了！"

要知道，鲁卡可一点儿也不喜欢亲蜗牛这件事，因为蜗牛黏糊糊、滑溜溜，像一条在地上把自己拖来拽去的恶心鼻涕。

小蜗牛听到这句话立刻不哭了，它把脖子伸得长长的，眼睛睁得大大的，小嘴鼓得圆圆的，等待着鲁卡许诺的吻。

鲁卡想打退堂鼓了，但是又不好意思。他只好把脖子缩得短短的，眼睛闭得死死的，嘴巴抿得扁扁的，就这样亲了小蜗牛一下。

等鲁卡睁开眼睛的时候，小蜗牛已经不见了，只有它那些玻璃一样的眼泪还挂在叶子尖尖上。

（二）雨中的红书包

过了几天，鲁卡的班上来了一个叫纽纽的小女孩。她头上扎着四个喇叭花一样的辫子，身上背一个又大又圆的红书包，整天背着也不愿意放下。她做什么都很慢——走路慢，吃饭慢，画画慢，数数慢，看书慢，连打喷嚏也很慢。女生都不爱和她玩，因为她动作太慢了。男生都喜欢拉她的辫子玩，惹她哭。老师也很头疼，因为她讲话声音太小，总也听不清。

奇怪的是，全班只有鲁卡一个人听得见纽纽在说什么，所以纽纽总爱跟在鲁卡后面，像他的小尾巴。可是鲁卡很烦她，为了甩掉纽纽，鲁卡总是撒腿就跑，跑得比春天的兔子还快。但是鲁卡每次又总是好奇纽纽到底被他甩多远了，所以他又会像火箭一样冲回去。每次，他都发现纽纽总是在原来的地方嘻嘻地对他笑，一点儿也没动！这真是让鲁卡拿纽纽一点儿都没了辙。

有一天老师带着鲁卡班级的小朋友去野外郊游，纽纽又跟在鲁卡后面叫他：

"鲁——卡！等——等——等——我！"

纽纽说话很慢，一句话就像一个糯米糍饭团粘在了她的牙齿上，要很久才吐得出来。别的小朋友都去湖边看鸭子了，鲁卡也想和他们玩，不想和纽纽玩，所以他就一溜烟儿跑了。可是他刚跑到湖边天就下起雨来，老师连忙叫大家找地方躲雨，却发现只有纽纽不见了。

鲁卡立刻自告奋勇："我知道她在哪里，我去找她！"

一边说，他一边已经冲到了雨里。可这一次不知为什么，纽纽不在原来的地方了，地上只有她那又大又圆的红书包孤孤单单地坐在地上，被雨水淋成了落汤鸡。

　　眼看雨越下越大，鲁卡抹了抹脸上的雨水，大声地朝四周喊起来：

　　"纽纽，你在哪里？你别怕，我来啦！"

　　四周并没有人回答他，但是从他的脚边传来一个只有鲁卡才听得见的声音：

　　"我——在——这——里！"

　　鲁卡低头看了又看，只有纽纽的红书包，并没有人啊。

　　于是他又喊了一遍：

　　"纽纽，你在哪里？"

　　"在——这——里！"

这声音明明是从那个红书包里传来的。鲁卡正在奇怪这是怎么回事，书包突然打开了，纽纽的喇叭花辫子先冒了出来，然后是她那张笑嘻嘻的圆脸。

"快——快——来！

还没等鲁卡反应过来，纽纽就伸手把他拉进了自己的书包。就这样，鲁卡也不知怎么硬是被纽纽七七八八地塞进了书包。

鲁卡这才发现，纽纽的书包里原来别有洞天啊！

这里，装着一个小房间，有小凳子、小桌子、小木床、小书架，天花板上还有一扇小门。这里又像是一个小花园，窗户上爬满了吊钟花，小得和蜜蜂一样的蜂鸟拍动翅膀忙着采蜜，墙壁上长满了翠翠的叶子，叶子里藏满翠翠的果子。屋子里郁郁葱葱，鸟语花香。只听到大雨咚咚咚地敲在门上，打在窗户上，但屋子里是干的，他身上也是干的，好像一点儿也没淋着雨。

"这是哪里？"鲁卡张大着嘴问纽纽。

"这——是——我——家。"

纽纽一边说，一边慢条斯理地从窗户下面的墙里拉出一个方向盘。她就像一位熟练的小船长，转动着方向盘，开动起她的书包小船。她那四根小辫子就像天线一样忽地一下拉得很长，变成了四个高高的潜望镜从天花板上伸了出去，为纽纽导航。

纽纽的红书包就这样在大雨飘泼的世界里乘风破浪，行驶起来。鲁卡想起老师和同学还在湖边，就告诉了纽纽，两人便驾驶着书包小船找到了他们的班级。

当纽纽又一次打开红书包从里面露出她笑眯眯的脸时，同学们和老师都目瞪口呆。然后，一个一个，他们就像鲁卡一样，鬼使神差地掉进了纽纽的书包里。大家把纽纽的书包小屋挤得满满的，小屋里就像生了一个火炉，把大家烤得暖暖的。

纽纽从墙上摘了很多叶子和果子送给大家吃。那叶子像果子一样饱含甜美的汁液，那果子像叶子一样嚼起来有脆脆的响声。每一个人都吃得很香，每一个人都把脸吃绿了，眼睛吃绿了，牙齿也吃绿了。

大家你笑我，我笑你，兴高采烈地挤在一起，谁都不想离开这个奇妙的小屋。等到大家从纽纽的书包里爬出来的时候，外面早已雨过天晴，小草和天空看上去都格外的新。

（三）蜗牛教室

从此以后，纽纽的书包成了大家最喜爱的秘密花园，大家在里面跳蹦蹦床，玩捉迷藏，还比赛吃叶子。大家也都特别企盼下雨，因为下雨时就可以躲进纽纽的书包当船长，不用带伞，不用带雨衣，不用急忙跑回家里，大家把船开到东开到西，结伴一同去探索周围的每一个小小角落。

大家还争着帮纽纽背书包，但是纽纽只让鲁卡一个人背。她就坐在书包里，给鲁卡扎一头喇叭花一样的小辫子，鲁卡也不生气。虽然纽纽做什么事还是那么慢，说话声音也还是那么小，而且还像从前一样喜欢当鲁卡的小尾巴，但是现在，所有的人都喜欢她。直到有一天，纽纽突然告诉大家，她要离开这个学校去别的地方，大家都觉得很难过。

告别的那天，纽纽打开她那又大又圆的红书包，像变魔术一样，拿出了很多玩具和礼物送给同学和老师。纽纽唯独没有送给鲁卡任何东西，她只是走到鲁卡身边，悄悄在他耳边，用钢笔尖一样削得尖尖的声音对他小声说道：

"我很幸运，谢谢你鲁卡！"

说完，纽纽吻了鲁卡一下，就不见了。

鲁卡这下才发现，满教室都爬满了蜗牛，原来所有同学和老师都变成了蜗牛，趴在黑板上、粉笔上，爬到地板和扫帚上，在铅笔盒、纸团和橡皮中间钻来爬去。

还有一只爬到了他的鼻子尖上，嬉皮笑脸地看着他。鲁卡突然觉得，蜗牛也没什么讨厌的，好像还蛮可爱的。于是，他把那只鼻尖上的小蜗牛放进了自己的口袋里，高兴地带回了家。

回到家，他喊爸爸和妈妈："我捡到一只小蜗牛！"

但是，口袋里那只蜗牛不知哪儿去了，只有一颗水晶一样柔软的心，在鲁卡的小手里扑通扑通。

| 第三篇 |
DI SAN PIAN

雨中曲

一只嘀嗒嘀嗒走路的钟

走进一个滴答滴答的花园里

芭蕉叶摇着绸扇子，抖雨珠

一滴一滴一滴

滴到屋檐的鼻梁上

答，答答答，答滴

屋下站着一株小树，捧着一朵大红花

吃了一脸甜甜的水花

晶莹的睫毛不停地眨

滴答，答滴，滴答答

那只嘀嗒嘀嗒的钟

心里变得哗啦啦

有一朵花的心跳

响得滴答滴答

他说了一声，嘀嗒

有人轻声地笑

滴滴，答答

那只嘀嗒嘀嗒走路的钟

不走了

坐在梦里，一滴一滴地数雨花

时间停在，午后两点钟

永远幸福的——滴答滴答

鲁卡和失忆的钟

晚上了，鲁卡睡得正香，突然一阵急促的闹铃声把他吵醒了。鲁卡从床上坐了起来，一边揉眼睛一边问："妈妈，我要上学了吗？"

回答他的并不是妈妈，而是一个陌生的声音："请问，现在是几点钟？"

这是谁呢？鲁卡好不容易睁开了眼睛，可是屋子里还是黑漆漆的，外面也是黑漆漆的，看不见有人。于是他就问："是谁在说话？"

这回，还是那个陌生的声音说："你能告诉我现在几点钟了吗？"

鲁卡拉开他的小台灯想看个究竟，发现是一只闹钟在对他说话。

他从没见过这样的钟，它的脸上什么都没有，只在中间有一个洞，像一张嘴，又像是一个鼻子，也可能是一只眼睛。鲁卡把它瞧了个遍，也没看到时间，就问道：

"你不是一只钟吗？为什么上面没有时间啊？"

听到这句话，这只奇怪的钟又丁零零地闹了起来，并且从它脸中间的那个洞里抽出很多纸巾擦着它那张空白的脸，好像在流眼泪一样。鲁卡连忙把它按在桌上不让它再闹了，可是这只钟好像很激动，它不停地说：

"我要来不及了！"

鲁卡问："什么来不及？有人在等你吗？他在哪里？"

可是，这只钟还是一脸空白，它什么都想不起来了。

现在它脸上的那个洞更像一只忧伤的大眼睛，哀怨地望着鲁卡。

鲁卡很想帮助这只可怜的没头没脑的钟，可是他不知道该怎么办。他想了一下，突然从床上跳了下来，把耷拉在墙角的书包翻了个遍，翻出几只摔断的蜡笔、几颗小石子儿、几根小树枝和一小团缠在一起的橡皮筋，这全部都是鲁卡的宝藏。

妈妈和爸爸教过鲁卡如何看钟面的时间，他现在就可以教这只钟找到自己的时间了。于是，他小心翼翼地捧起这只钟，用蜡笔从他的额头开始画数字。神奇的是，当鲁卡写完1，也就是第一个数字时，这只钟突然有了心跳，嘀嗒嘀嗒地从它脸上的洞里传来，好像那里有一颗心脏在突突地跳动。更奇怪的是，这只钟开始讲述一个故事。鲁卡每写完一个数字，这只钟就好像找回了一段记忆，它嘀嗒嘀嗒地说了很多话。

一点钟。

我出生在一个钟的王国，那里有无数的钟，我们生来是一张白纸，长得一模一样。

两点钟。

我们缠着妈妈玩，它很高大，嗓音洪亮，但不怎么说话。它有一条钟摆腿，我们喜欢在它的腿上荡秋千，从白天摆到黑夜。

三点钟。

三点钟的方向转动着一扇装满齿轮的大门，我们要学会穿过那扇大门不被碾碎。每一个钟都要通过那里走进时间隧道，去寻找时间。

四点钟。

我很紧张，但是我走过了那扇门，并且安然无恙。时间隧道像一个弹簧床，我在里面像一个弹珠儿一样滚来滚去，没有人告诉我这是去往哪里。

五点钟。

我从隧道里滚了出来，坐在一片炎热荒凉的沙漠里。

那里有两棵棕榈树，我走到它们跟前问："你们知道时间在哪里吗？"

它们一边举着空杯子假装喝茶，一边回答我说："它，在那里等你呢。"

六点钟。

我在沙漠里走了很久，周围什么都没有，只有我一个人。我想回去问问那两棵树，可是身后的路已经不见了，我只能向前走。

七点钟。

不知道走了多久，我看见一株圆柱形的植物，披着扁扁的肉叶子，顶端垂着很多花苞，它们微微颤动，像是在对我点头。

八点钟。

我走过去准备问路，还没等我开口，一个花骨朵儿突然张开嘴把我吞了下去！我以为我掉进了它的肚子里，可是我发现是掉进了一个城堡里，上上下下都开满了漏斗一样的花，争奇斗艳，漂亮极了！我想停下来好好看看，可是我的脚不听使唤，它们自顾自地往城堡上面走，好像知道要去哪里一样。

九点钟。

我来到了城堡的最上面，一扇小门自己开了，里面睡着刚才把我吃下去的那个花骨朵儿！这时，门口突然冒出来很多漏斗花，它们七嘴八舌地对我说话，我听也听不清。最后，有一朵皇后一样尊贵的大漏斗花让大家安静下来，它说：

"你终于来了，它一直在等你，没有你它不知道该在什么时候醒过来。"

十点钟。

我和所有的花解释了半天，我是来找时间的，可是它们只是友好地对我点点头，笑了笑，然后就一朵一朵地闭合了，消失了，只剩下我和那朵睡不醒的花骨朵儿。

十一点钟。

我大概也睡着了，等我醒来的时候，那个花骨朵儿正在用自己的脑袋敲我的脑袋，我问它干什么，它问我："时间到了吗？"

我说我也在找时间，它就说："时间不是就写在你脸上吗？"

它把我拉到镜子前，我这才发现我的脸上长出了时间，时间有两只手，一长一短。

十二点钟。

这个花骨朵儿用魔法把我变小了，它对我说："现在我要把你吃下去，你就会变成我的心。"

它总是不跟我商量就把我吃了，但是我一点儿也不难过，因为我现在成了它的心脏。我对它说："时间到了，小花！"

于是，它就开放了。哦，它虽然是城堡里最后一个开放的，但它是我见过的最美丽的花了。

说到这里，鲁卡已经把数字都写好了，现在他拿起一块石头堵在了钟脸上的那个洞，又用线把两根小树枝绑在了石头上。鲁卡曾经学过，钟面上通常有一根短针和一根长针，它们是时针和分针，用来表示具体的时间。

这只钟似乎也找回了所有的记忆，它的闹铃又一次激动地响了起来，鲁卡好不容易才让它安静下来。只见它脸上的两根时针越走越快，最后简直就像螺旋桨一样飞了起来，把这只钟悬吊在半空。同时，钟面上掠过它记忆中的一幕又一幕，像海市蜃楼一样转瞬即逝，鲁卡简直看得目不转睛。

在空中，这只钟对鲁卡说："我记起来了，我全都记起来了！我是一只花钟，我掌管花朵开放和闭合的时间，我从花国来，我要回花国去，有一朵小花今晚就要开放，我要回去了！它的名字叫昙花，12 点钟方向！"

话音未落，这只钟已经消失在空气中了。鲁卡还没来得及问它，你怎么会到我家里来呢？你为什么会忘记时间呢？

也许，也许，它走错了时间隧道吧，生活中偶尔也会有这样离奇又美妙的事情发生。

| 第四篇 |
DI SI PIAN

野餐

"请用，"太阳对我说，"我是一杯橘子汁。"

"饿吗？"天空对我说，"我是一片烤面包。"

"尝尝，"云朵对我说，"我是一块鲜奶酪。"

"随意，"小草对我说，"我是一截绿香肠。"

"来点儿吗？"泥土对我说，"我是一罐巧克力酱。"

"不客气了。"我对它们说，吃了一样又一样。

鲁卡和云上的美餐

——鲁卡系列故事

四月。

天空是一座遥远的城堡，在云中若隐若现。大地是一片长满草的海洋，鲁卡躺在地上看天。一会儿，他觉得肚子有点儿饿，心想如果天上能掉下来一顿美餐该有多好。

鲁卡正这样想着，忽然看见天上仿佛有一朵白云在对他招手微笑。于是，他也向那朵云儿招手微笑。那朵云儿就好像是看见了鲁卡，朝他飘过来，越飘越低，越飘越近，最后竟变成一只白鸽落在鲁卡的头顶，从嘴里吐出一封信来。

"这是给我的信吗？"鲁卡问白鸽。

白鸽对他点点头。

鲁卡连忙打开信，一朵手掌大的白云像天空呼出来的气一样落在他的手心。

信中写道：

"亲爱的鲁卡，

云后邀请你与她在空中共进美餐。

又及：我是一朵棉花糖，很好吃。"

鲁卡将信将疑，把信塞到嘴里，那封信立刻就化了，果真甜蜜蜜的，比棉花糖还可口。他一边舔着嘴，一边抬头望着天，自言自语道：

"空中？可我怎么去天上呢？"

他还在对着天空发呆，那只白鸽就好像早有准备，展开光一样的翅膀抖出很多很多云朵来。

　　那些云朵自动排列起来，向着白鸽飞去的方向延伸，从地上叠起一个长长的云梯。鲁卡就踩着这些云朵一步一步走到了天上，他真不敢相信这居然发生了，他觉得自己都快像四周的云一样轻飘飘起来了！

　　云梯的尽头，白云皑皑。

　　皑皑的白云中，闪耀着一张长得见不到头的桌子，看上去像水面一样波光粼粼，摸上去却和冰块一样坚硬。

　　桌上摆满华丽的餐具，每一只器皿里都有鲜艳得让人垂涎欲滴的食物，它们就像泉水一样从碗里、盘子里、盆子里、杯子里、勺子里、瓶子里源源不断地往外涌，往外溢，往外冒，淌出来，喷出来，洒出来，吐出来和倒出来。天底下所有的美味佳肴好像都被放到了这张桌子上，空气中无处不是诱人的香味。

　　滴着草莓酱的山楂球，裹满桂花糖心的糯米糕，巧克力做的火鸡腿，黄油雕成的香蕉船，滚着红糖粉的薯条，苹果馅儿的牛奶雪糕，顶着冰激凌的西瓜球，还有咕嘟咕嘟着奶酪和蓝莓的小火锅。每一样鲁卡都想吃得要命。

　　可是，任凭他从这朵云跳到那朵云，从云朵上跳到桌面上，从桌面上跳到碗里头，再从碗里头跳到勺子里，他却一样也抓不到，只能眼睁睁看着这些好东西像瀑布一样哗哗地流走，变成一道流星雨直往他头上泼倒。

　　这些好吃的东西会跑，会跳，会扭个不停，还会从鲁卡的指缝里溜走，并大声尖叫以示抗议。它们没完没了地从各种餐具里爬出来，又没完没了地从桌子上滚下去，消失在厚厚的云海中。

鲁卡不服气，在桌子上不停地跑，就像一只饿极了的猫气喘吁吁地追赶着一群狡猾精明的老鼠。有一次，鲁卡终于抓住了一只又哭又闹的西瓜球，正要放到嘴里囫囵吞下去，没料想那只西瓜球竟然咧开鲜红的小嘴反咬鲁卡一口，疼得鲁卡一甩手把它扔了出去。

还有一次，鲁卡好不容易发现一只正在打盹儿的巧克力火鸡腿，他正要去啃呢，火鸡腿突然醒了过来，一边呱呱大叫一边往空中纵身一跃。鲁卡急忙抓住它的脚趾，可是那只小脚趾却"噗"地一下，化成了个气泡。

鲁卡折腾了半天，什么都没吃到，他的肚子已经饿得咕噜咕噜响了，好像有只小鸽子在里头不停地嘀咕。他正垂头丧气，筋疲力尽的时候，突然发现自己已经走到了桌子的另一头。那一头坐着一位老妇人，笑眯眯地眨着一对灰蒙蒙的眼睛看着鲁卡。

原来天上所有的云朵都是她那雪白雪白的头发，从她的头上像银河一样披下来，无边无际。她就坐在自己的头发里，手里拿着两根闪电般刺啦刺啦响的长针把头发编成麻花的样子。她总是拆了又编，编了又拆，她从来也不看自己手里的针，只是笑眯眯地盯着鲁卡看。

鲁卡心想，这一定就是请他来天上的云后吧。他禁不住问道：

"是您给我写信的吗？是您叫我来这里吃东西的吗？"

老妇人笑着对他点点头。

"那为什么我一样也吃不到呢？"鲁卡气呼呼地指指身后的桌子，却吃惊地发现桌子上什么也没有了，收拾得干干净净。

"怎么回事？刚才还在这里的呀？"鲁卡四处张望，他不知道那些漂亮的餐具和食物都去哪儿了。

这时，云后从自己的头发里摸出一样东西放到了鲁卡的面前，并问他：

"你想吃吗？这是我刚织好的水晶蛋糕。"

鲁卡定神一看，眼前摆着一只小巧的蛋糕，水晶一样玲珑剔透，透明的皮肤里流淌着黄金般璀璨的奶油。但奇怪的是，蛋糕的身上有一个小小的洞，好像一个锁心。

"这是世界上最好吃的蛋糕了，水晶皮是月亮做的，奶油心是太阳做的，你想尝尝吗？"云后一边说，一边把蛋糕朝鲁卡的跟前挪了挪。

"想吃！可以吗？"鲁卡请求道。

"当然可以。"云后还是一边旁若无人地编织她的头发，一边目不转睛地打量着鲁卡。

鲁卡一把拿起了蛋糕，这回蛋糕没有跑。

于是，他张大了嘴，贪婪地想一口就吞下去。可是，蛋糕明明就在他手里，他却怎么也咬不着。

"呵呵，我年纪大了，记性不好。这个蛋糕可不是随便什么人都能吃的，它要同意你吃才能吃。"云后慢条斯理地说。

"那，我怎么才能得到它的同意呢？"鲁卡急忙问。

云后一听，手上的活儿戛然而止。只见她从头发里抽出一根闪电棒针来，放到嘴里咔嚓咔嚓嚼了半天，然后吐出来一把水晶钥匙，放到鲁卡的手里。

"用这把钥匙打开蛋糕上的锁，蛋糕就归你了。"

鲁卡连忙伸手去拿，但是云后却把手缩了回去。

"你想要这把钥匙，得答应我一个条件。"云后的眼睛此时笑得更弯了。

"什么条件？"鲁卡问。

"我要是给你这把钥匙吃蛋糕，你就要答应留在天上做我的孩子。你要是做我的孩子，你刚才在桌上看到的所有美餐就都是你的，你想吃什么就吃什么，想吃多少就吃多少，应有尽有。我天天都可以做水晶蛋糕给你，你吃了它，就是天上的月亮和太阳，地上的人都要崇拜你。你想尝尝吗？"云后一边说，一边把水晶钥匙交到了鲁卡的手里，意味深长地看着他。

眼前的水晶蛋糕是多么令人垂涎啊！

鲁卡紧握着手中的钥匙，忍不住要去打开那个水晶锁。他太想咬一口下去，尝尝月亮和太阳是个什么滋味！

他忍不住看了又看，闻了又闻，味道真是诱人啊，好像妈妈做的南瓜饼，饱含瓜藤上嫩叶尖的清香；也像妈妈做的芝麻饼，洋溢着刚出锅子的热炒味；更像妈妈做的牛奶饼，醇香浓郁的奶味就在喉咙口荡漾。

鲁卡开始想妈妈了，他不禁扒开云朵往地上看，想看看地上的妈妈在哪里呀！

这时，云后干脆把水晶蛋糕捧到了鲁卡的面前，她那云絮般的头发快要蒙住鲁卡的眼睛了，只听她慢慢悠悠地说道：

"吃一口吧，我的好孩子，吃一口，我的好孩子呀……"

听着这声音，鲁卡的眼皮都快要耷拉下来了。他觉得好困哪，很想睡觉，时而又觉得自己好像是已经睡着

鲁卡系列故事

了，身处一个遥远的梦乡里。只觉身子越来越单薄，轻得像一片云絮。

他把水晶蛋糕紧紧地搂在怀里，可嘴里却不停喊着：

"妈妈，妈妈，妈妈……妈妈，我要回家，我要找妈妈，我要，我要妈妈，妈妈，妈妈，我要回家，找，找妈妈，妈妈，妈妈，我要妈妈……"

他一边喊妈妈，一边就感觉身体在往下坠落。

天空越来越淡，空中有一个神秘的声音也越来越远，云朵拍着翅膀飞走了，一哄而散。最后，鲁卡回到了地上。

等到他一睁开眼，妈妈就出现在了眼前，摸着他的小脸说：

"你上哪儿去玩儿了？累得都睡着了呀！快吃饭吧，吃饭了总该醒醒了吧！"

鲁卡一听大喜，高兴地问："可以吃水晶蛋糕了？"

妈妈一脸疑惑地问："什么水晶蛋糕呀？你不是要吃南瓜饼吗？"

鲁卡低头一看，盘子里正放着妈妈刚做好的烫手的南瓜饼。又圆又糯，像月亮；黄灿灿的，像太阳。他忍不住狠狠地咬下去一口！嘴里是热热的，牙齿是黏黏的，舌头是甜甜的。

世界上最好吃的美餐，鲁卡终于吃到了。

花儿的眼睛

花儿的眼睛里

住着一只白蝴蝶

她翩翩地飞过

青的山峦、青的小溪和青的屋顶

停在一只小花猫的鼻尖上

听她小棉花团里的心

怦怦作响

花儿的眼睛里

打着一把太阳伞

小蜜蜂躲在底下捉迷藏

风不见了

雨不见了

柳叶的帕儿不见了
天空是一片五颜六色的大森林
藏着大象、鸵鸟和害羞的梅花鹿

云朵迷了路
眼角挂满琥珀色的泪珠
滴答滴答滴答滴答
掉在小青蛙的额头上

花儿的眼睛里
月亮姗姗地来
月亮姗姗地去

穿一件白色的小裙子

头发里撒满星星

她笑起来很弯

趴在游满银色小鱼的天池旁

静悄悄

静悄悄

午后的花园里睡满还没长大的小花

她们的眼睛是鹅卵石

在大海退却的地方

闪闪发亮

鲁卡和风信子小姐的旅行

和蔼的阳光下，一抹淡淡的紫色落在鲁卡家的窗前，好像一个人影。

　　正喝牛奶的鲁卡伸长了脖子张望，他问妈妈：

　　"那是谁在我们家门口呀？"

　　妈妈一面收拾着鲁卡掉在桌上的面包屑，一面朝窗外瞧了一眼。她似乎是看到了熟人一样，嘴角洋溢着笑容对鲁卡说："啊，那是风信子小姐，她大概要出远门了。"

　　"风信子小姐？"对鲁卡来说，这是一个很陌生的名字。

　　"你不认得了吗？风信子小姐可一直住在我们家的花园里，你还给她浇过水，她开的花非常可爱呢！"

　　妈妈的这番回答让鲁卡更惊讶了，他忍不住要问："那她现在为什么不住在我们的花园里了？她要去哪里？"

　　妈妈揉了揉鲁卡乱乱的小鬈发，对他说："每年她都要出去旅行一次，她还会回来的。"

　　"可是她没有脚呀，怎么走路呢？"鲁卡想不通这一点。

　　妈妈看了看一脸疑惑的鲁卡，似乎是想到了一个很好的答案。她拉起鲁卡的手把他带到了门口，对他说："你自己去问风信子小姐吧，她就在外面。"

　　听妈妈说要他去和风信子小姐打招呼，鲁卡就有点儿害羞了，和陌生人说话可不是他最擅长的事。

"风信子小姐可能就要出发了，你不想知道她没有脚怎么旅行吗？"

鲁卡真的很好奇，在妈妈的鼓励下，他终于推开门决定去和这位风信子小姐打个招呼。

鲁卡刚打开门，就看到一对紫色的大眼睛在打量自己，几乎贴到了自己的脸上。不一会儿，那对大眼睛就好像被橡皮筋突然拽了回去一样，弹回到一张星形的脸上，变成了一对紫色的笑盈盈的小眼睛，在风里忽上忽下。

"你好，鲁卡！你决定和我一起出发了吗？你看车已经来了！你真准时！"

鲁卡正准备问，"你就是风信子小姐吗？"以及"我们要去哪里？"以及"什么车来了？"，他突然就看见这个莫名其妙的风信子小姐向空中飞了起来，她那淡紫色的长裙像气球一样撑开起一个伞盖，那下面竟然是空的。原来风信子小姐真的没有脚呀！

可是，鲁卡还来不及叫出来，就已经被风信子小姐用裙摆连裹带夹地拉扯到了空中。这下，鲁卡着急了，他拼命蹬着腿朝地上喊妈妈，可奇怪的是，妈妈却在下面向他挥手，还笑呵呵的。

"你要带我去哪里呀？我不要去！我不要去！！"鲁卡大声喊起来，他讨厌这个风信子小姐不管自己情不情愿就把自己拖走了。

鲁卡觉得自己在空中翻了几个跟头，然后就落到一样什么东西上。可是他看不见座位，四周也没有人，一片空空荡荡的，只有风在他耳边吹着悠扬的口哨。他一扭头，就看到风信子小姐的脑袋像风车一样也转个不停，那对紫色的眼睛好像两片笑得合不拢的嘴唇。

"你好，鲁卡！你是第一次坐风的列车吧？你看，这辆车还不错吧！我们什么都看得见，景色好极了！"

她一边说，还一边从裙子里掏出一个鼓鼓囊囊的包裹，里面装着各种颜色的糕点、糖果和瓜子。她把这些好吃的一样一样放到鲁卡面前，在鲁卡的手里堆成了一座小山。

风信子小姐还笑吟吟地说："有人做伴真让人开心，连东西都变得更好吃了！"

原来，风信子小姐早就偷吃了一块泡泡糖。她一说话，一个大泡泡就从她的牙缝里冒冒失失地挤了出来，然后就像鱼肚皮一样"啪"地撑破了，不分青红皂白就死死地粘在了鲁卡的鼻孔上，怎么甩都甩不掉，惹得风信子小姐在一旁哈哈大笑。

"有什么好笑的嘛！"鲁卡忍不住发火了，他觉得风信子小姐是个很没礼貌的人。

"对不起了！实在对不起！"风信子小姐一边道歉，一边还在用手捂着笑得怎么也合不起来的嘴。真不知她到底偷吃了多少泡泡糖，大大小小的泡泡简直是此起彼伏，从她的指缝里像一串没头没脑的小蝌蚪一样鱼贯而出，"啪啪啪"地全粘在了风信子小姐自己的嘴巴上。

鲁卡不想理她了，于是就顺手拿起面前的一颗糖果吃起来。

他刚吃下去，就觉得有一阵风吹进了他的眼睛，害得他直揉眼睛。等他再睁开眼睛时，突然觉得眼前亮堂堂的，并发现自己原来是坐在一辆鱼形的列车里，那鱼肚子车厢亮锃锃，闪烁着风一样剔透的鳞片，两侧流动着云絮一样飘逸的鱼鳍。

车子嗖嗖地在一条风河里游动，像箭一样精神抖擞地往前飞奔，他和风信子小姐就坐在风的脊梁上。

鲁卡正要惊叹这不可思议的列车，车突然就来了个急转弯，掀起一阵强烈的气流，漩涡把鲁卡搞得东歪西倒，晕头转向。幸好有风信子小姐一直拉着鲁卡的手，她的大袍子还打开了一面减速伞，保护着鲁卡和她自己。只过了一小会儿，风的列车又恢复了平稳的运行，四周一片风和日丽，蓝天白瓦。

"好久没有去游乐园坐过山车了，你也觉得很好玩吧！"

风信子小姐那对紫色的眼睛在她的眼眶里滴溜溜地像过山车一样不停地打转，鲁卡愈发觉得风信子小姐是个古怪的人了。

此时，风信子小姐从包裹里拿出一些彩色糕点，一边点头一边笑眯眯地直起身子来，好像是在和什么人亲切地打招呼一样。她手里的糕点也不知道是怎么了，在车厢里飘来飘去，好像被很多看不见的手拿走了。

鲁卡觉得这太奇怪了，他左看右看，车里都只有风信子小姐和他自己呀！他正纳闷，风信子小姐忽然拿出一个绿色的大饭团塞到他的手里，对他说："吃吧！这是海藻味道的，这可是最好吃的味道呀！"

鲁卡从来没吃过这种颜色的饭团，他正在考虑要怎么拒绝这份好意时，风信子小姐又从包裹里拿出来一个小瓶子，朝饭团上拼命撒了起来。

"真是的，海藻饭团一定要加花粉胡椒才好吃，我怎么给忘了！"

话音刚落，鲁卡的鼻子底下顿时扬起一团细细的紫色粉末，那浓郁的辛辣味把鲁卡呛得直打喷嚏。可是等他打完喷嚏后，他吓了一大跳，因为发现周围忽然冒出了许多人。他们的眼睛有草莓颜色的，葡萄颜色的，香蕉颜色的，桃子颜色的，还有茄子颜色的。他们一边吃着风信子小姐的糕点，一边友善地打量着鲁卡。

原来，风的列车上挤满了乘客！他们个个都像风信子小姐一样打扮得奇形怪状，在车厢里像云朵一样飘来移去。风信子小姐似乎认识所有人，她热情地向大家介绍：

"这是鲁卡，他可真是一个好孩子！经常和他妈妈一起给我端茶送水，做好吃的，还帮我剪头发，你们看我这个发型不错吧！"风信子小姐一边说，一边得意扬扬地转了一下她那张星星一样的脸蛋，抖下来几缕弹簧一样的鬈发，惹得其他乘客羡慕地大呼小叫起来。

　　"你们是谁？我怎么没看见你们上车呢？你们都要坐车去哪里？"这回轮到鲁卡提问了。

　　乘客们七嘴八舌地回答起鲁卡的问题，他们看上去很乐于交谈。

　　"我坐了七天七夜的车了，从山那边的山那边过来，这一路！"

　　"你不是去芭蕉森林听音乐会吗？一年才一次，可热闹呢！"

　　"我回家看看，离开孩子都三年了，也不知道他在七片草地生活得好不好？"

　　"忙了一年了，好不容易溜出来，我想去海边！那里的气候最适合我的皮肤了！"

风信子小姐忙着给鲁卡介绍，这位是蒲公英大叔，那位是竹子小姐，她旁边的是松夫人，她后面的是玉米先生。一路上，大家说说笑笑，热闹得很。鲁卡开始觉得，这趟旅行还蛮有趣的。

　　天色渐暗，风的列车明显放慢了速度。

　　它走走停停，停停走走，每当它停下来的时候，就有一些乘客陆续下了车，身影一会儿就在由淡变浓的夜色中融化了。风信子小姐却没有下车的意思，她还是快乐地坐在车里，半边的嘴文雅地嗑着瓜子，半边的嘴费劲地嚼着大饭团。

　　此时，空中下起淅沥小雨，洒落在鲁卡身上。鲁卡不喜欢湿漉漉的，这风的列车虽然很好，却根本不挡雨。

　　雨点落在风信子小姐的紫色眼窝里，那对眼睛就像紫水晶一样焕发出动人的神采。风信子小姐把头探出车外瞧了半天，突然就从座位上急急忙忙地站了起来，一手拉住鲁卡，另一只手哗啦打开一把小花伞，本来是要遮雨的，可是没想到从那伞里居然掉出很多零食来，花生、饼干、红枣、奶糖和巧克力全砸在了鲁卡的脑袋上，鲁卡不禁哎哟哟地叫唤起来。

　　见到这种情形，风信子小姐居然还扑哧地笑出了声。她其实是想说对不起，可是饭团和瓜子塞满了她的嘴，她像条腮帮子已经鼓得不能再鼓的大金鱼，嘴里叽里咕噜地不知道在说些什么。

　　鲁卡还没弄清是怎么回事，风信子小姐就拉着他一个箭步往车外冲。鲁卡往脚下一看，发现自己原来正悬在半空中，他不禁大叫起来："不要！不要！"可是风信子小姐还没等车停稳，就笑哈哈地纵身一跃。

她拽着鲁卡，撑着她的小花伞，蹬着她的大花裙子，搂着她乱七八糟的包裹，还不停地用手接着像流星雨一样唰唰往下掉的零食。

鲁卡开始很害怕，可是风信子小姐是世界上最好的飞行员，她在空中完成了一个优美而娴熟的滑翔，最后安全地降落到了地面。

"这是什么地方？我们到站了？"鲁卡气喘吁吁地问道。

风信子小姐对他说："我认为这里很适合我住，这就是我的家了。"鲁卡看不清这是什么地方，只感觉到脚下松松软软的，呼吸的空气是湿润而清香的。

风信子小姐看来很兴奋，她趴到地上用手指轻轻地敲打起地面，地上就应声打开一扇很小的门来，从里面透出萤火一样的微光。

鲁卡很吃惊，风信子小姐兴冲冲地说："太好了，我就住在这里了，我的小屋！"说着，她就深吸了一口气，把自己变成了一粒圆圆的种子，一骨碌滚了进去。鲁卡也照着深吸了口气，变成了一粒小石子，也一骨碌滚进了洞里。

在地下这间小之又小的房间里，风信子小姐从种子里钻了出来，一边哼着欢快的曲调，一边窸窸窣窣地忙碌着。房间里有一张一丁点儿大的桌子和一张一丁点儿大的床，除此之外就什么都没有了，黑乎乎的，只有风信子小姐的眼睛像电灯泡一样亮着。

鲁卡听见风信子小姐自言自语地说：

"这里放我的书。"

"这里是我的厨房。"

"这里是我的卧室。"

"好极了！啊——我可以在这里睡个懒觉了！"

说完，她就打了个很长很长的哈欠。

"可这里有什么好呢？又黑又小。"鲁卡忍不住说了一句。

风信子小姐却还是乐呵呵的，她把鲁卡拉到那一丁点儿大的桌子跟前，一边在袖子里不知道搅动着什么，一边对鲁卡说：

"这里有我所需要的一切，我还缺什么呢？"这个问题，鲁卡还真是答不上来。

"现在可能很不起眼吧，不过我会把它变成我的家！在自己的家里，我终于可以伸伸腿了，没什么能比得上在家里把脚伸得老长老长的更让人开心的了！"

听到风信子小姐这么说，鲁卡不禁张大了嘴巴，他问道："啊？难道……你有脚吗？"

风信子小姐哈哈大笑着说："我不仅有脚，还有很多脚呢！"此时，她的裙摆摇了起来，露出一只只细细长长的脚，它们似乎在地上小心翼翼地爬行着。

"你看我这记性，快喝一杯太阳水吧！"说着，风信子小姐就从搅动了半天的袖子里拿出一个冒着热气的杯子来，递到鲁卡手中。

鲁卡虽然还有一千个问题想问风信子小姐，可是他一闻到杯子里那股诱人的味道，就如饥似渴地喝了个干干净净。喝完后，他觉得周围越变越亮，风信子小姐离得越来越远，只听见有一个声音从远处向他喊：

"再见了，鲁卡！再见！我答应你妈妈要让你安全回家的！"

不一会儿，鲁卡就发现自己回到了自家的花园里，阳光把他的头发晒得热烘烘的，身边一株修长的风信子正向他点头。

这时，妈妈从屋里走出来问他：

"你和风信子小姐道别了吗？"

"是的妈妈，我和风信子小姐道别了，我还坐风的列车去她家了！"

"原来鲁卡和风信子小姐一起去旅行了？"

"是的，妈妈！我们坐上了一列风的列车，还从车上跳了下来！"

鲁卡说着说着，居然开始有点儿想念这位风信子小姐了。

"好吧，好吧，"妈妈笑了起来，"快回去把牛奶喝完。"

关于风信子小姐的谈话就这样结束了。

过了不知多久，鲁卡收到一封寄给他的信。他打开信封，几行淡紫色的字迹映入眼帘，信里写道：

"亲爱的鲁卡，我是风信子小姐，你还好吗？我一切都很好！我学会了做蜂蜜柠檬糕，再加一点儿花粉胡椒，真是好吃极了！我还给自己做了一些窗帘，这里的太阳真是厉害，我也不想晒得太黑哟！还有，我的脚在这里舒服极了，我今天早晨数了一下，我已经长出两百八十八个脚指头啦！这里已经是春天了，欢迎到我家来做客！"

鲁卡连忙拿着信去喊妈妈看，他叫道："妈妈！妈妈！风信子小姐给我写信了！"

妈妈正在花园里浇水。鲁卡仿佛看见风信子小姐那双俏皮的紫色大眼睛正在风里不停地打转，像春天一样哼着风样的旋律。

| 第六篇 |
DI LIU PIAN

灰兔子花

月亮，浸湿了草地
每一片草叶，都是闪烁的小溪
那里，浮起一朵灰兔子花
尖的耳朵，银的毛皮
露珠儿做的一对眼睛

水灵灵的花，
孤零零的花，
没有瓶子装得了的花

没有人摘得了她
一朵爱跑，爱跑的花
没有根，系得住她。

鲁卡寻兔记

——鲁卡系列故事

（一）寻兔启示

傍晚，天空浮现出一抹月牙儿的浅笑，映照在大地上的家家户户。

鲁卡的爸爸回家了，他在门口捡到一张纸，好奇的鲁卡一把抢了过去。

"你读读，鲁卡，上面都写了什么？"爸爸一边说，一边放下沉甸甸的公文包。

鲁卡看到纸上画着一只白色的小兔子，眼睛会骨碌碌地转，脚上穿着一双亮晶晶的靴子。纸上还有很多长着兔耳朵的字，它们满纸乱跑，蹦蹦跳跳，一点儿都不老实，着实让鲁卡看得眼花缭乱。

"这都写了什么呀？我一个字也看不清！"鲁卡皱起眉头发牢骚。

听到鲁卡说话，这些字仿佛都竖起了耳朵，然后又在纸上躁动了起来。不过这次，它们非常有秩序，好像是在排队一样。当所有的字都各就各位安静地站好，一动不动时，鲁卡终于看清了纸上写了这么几行字：

寻兔启事

名字：月光小兔

外貌特征：长耳、短尾、毛雪白、穿星星靴

丢失时间：此时此刻

丢失地点：天上人间日暮大道玉阶花园飞镜湖旁

好心人，如果您找到这只月光小兔，请务必将它在午夜 12 点前送往樱桃园 28 号，乘坐胡萝卜火箭飞回月亮城堡。如果无法赶上这趟火箭，月光小兔将永远消失。万分感谢！

鲁卡一读完，就大喊起来："爸爸！妈妈！月光小兔走丢了，我要去把它找回来！"

"什么兔子？可是你还没吃饭呢！"妈妈正好从厨房里端出来一盘热腾腾的红薯饼和胡萝卜肉馅包子。

"吃完饭再去找吧。"爸爸也劝鲁卡再等等。

"来不及了呀！午夜前它如果回不到月亮城堡，月光小兔就会消失的！"鲁卡一脸着急的样子。

爸爸、妈妈把鲁卡手里的"寻兔启事"拿过来认真读了一下，他们互相看了一眼，似乎达成了一个重要的意见。

接着，妈妈回到厨房，拿出一个装满红薯饼和胡萝卜包子的饭盒，装在鲁卡的书包里。爸爸则回到书房，打开了他的工具箱，从里面拿出一个巴掌大小的小飞碟来。他们一起把东西放到了鲁卡的手里，对他说：

"好吧，你快去找月光小兔！妈妈给你一个饭盒，肚子饿了可以吃。还有这个小飞碟，它是一个会飞的罗盘，能给你指引方向。"

鲁卡兴高采烈地摸着爸爸手里这个神奇的罗盘，问道："这是你的吗，爸爸？它可以带我找到月光小兔？"

爸爸郑重地把小飞碟放到了鲁卡的手里，并告诉他："是的，它是一只小飞罗，是爸爸的一个小发明，兴许可以帮得上你的忙。你看，就这样——"

爸爸边说边把小飞罗抛向了空中，然后对它说："阿罗，去找月光小兔吧！"

悬浮在半空中的阿罗发出蓝色的荧光，伸出一对扇形的金属翅膀，向着门外跃跃欲试准备出发。

鲁卡激动极了，他也拿起书包跟着阿罗往外跑，并挥舞着双手对爸爸妈妈说：

"我去找月光小兔了！我们会找到它的！"

就这样，鲁卡像一只野兔一样撒腿奔向了夜色中。

（二）玩具兔大逃亡

小飞罗在空中领路，不一会儿就把鲁卡带到了一条孤零零的路边，那里有一座孤零零的房子。鲁卡上前一看，房子的墙上写着"失物招领处"。鲁卡敲了敲门，屋里黑漆漆的，也没有人开门。他又敲了敲门，还是没有人应门，可是小飞罗却盘旋着不肯离去。

"有人吗？"鲁卡忍不住喊了起来，一边用小手重重地捶着门。

过了好一会儿，屋里的灯终于亮了，一个穿着睡衣的小矮人出现在门口。他不仅闭着眼睛，还打着响呼噜，好像还在睡梦中。

"你好，你这里有没有人捡到一只月光小兔？就是这只！"鲁卡说着，从口袋里掏出他捡到的寻兔启事。

小矮人还是没睁开眼睛，只是微微点了点头，示意鲁卡跟他进来。

屋子里堆满了各种各样的东西，从地上堆到了天花板。

屋子很深，梦游的小矮人推开无数扇门，一道接着一道，娴熟地在这个迷宫一样的大房子里弯来折去，一直走到标号为 333 的一扇门前。

他从满是口袋的睡衣里掏了半天，终于掏出一把锈迹斑斑的钥匙，打开了门。然后他又闭着眼睛对鲁卡摇了摇头，便像幽灵一样消失了。

鲁卡走进了屋子，小飞罗为鲁卡照明。

他们一看，简直惊呆了，原来房间里挤满了各式各样的玩具兔子，简直像个兔子百货商店！鲁卡一进门，几百双眼睛齐刷刷地看着他，然后就闹哄哄地全都围了过来，有毛茸茸的，也有光溜溜的，有会在八音盒上跳舞的，也有肚子里叮当作响的储蓄罐。

它们吵吵闹闹，却都问着一个同样的问题："你是来领我回家的吗？"

这让鲁卡觉得整个屋子就像个煮沸了的茶壶！

最后，一阵鼓声使兔子们安静了下来。原来，有一只打鼓的发条兔子站在了另一只特别瘦高的原木兔子肩上，以击鼓来维持秩序。

"你，来干什么的？"打鼓的兔子指着鲁卡问。

"我是来找一只兔子的，就是这只！"鲁卡拿出寻兔启事来给兔子们看。

"就是他，就是他！"不知为什么，兔子们一下子欢呼了起来。

"你们见过它？"鲁卡问道。兔子们又七嘴八舌地回答起来，打鼓的兔子不得不用鼓声再次让大家保持安静。

此时，有一只披着斗篷的兔子走了出来，用低沉的声音说：

"是的，我们见过这只兔子。不过它已经走了，你可以在这里找到它。"

说完，它从斗篷里摸出一只亮晶晶的靴子。鲁卡一看，那正是画上月光小兔穿着的星星靴呀！

"太好了，你知道哪里可以找到它？"鲁卡问。

"你可以在这双靴子里找到它，不过——"斗篷兔子意味深长地看了鲁卡一眼，接着说："它要你带我们一块儿走。"

所有的兔子又齐刷刷地看着鲁卡，把鲁卡的脸都看红了。

"你，你是说月光小兔在这只靴子里？"

"是的，就在里面。"斗篷兔子边说边把靴子放到了鲁卡跟前。

鲁卡把靴子倒了倒，又往里面瞧了瞧，一粒石子儿都没有，更别说是一只兔子了。

"怎么可能在这只靴子里呢？"

"它就在这里面，"所有的兔子都点头附和，非常拥护斗篷兔子的话。

"不过——"斗篷兔子又意味深长地看了鲁卡一眼，郑重地说：

"这只兔子说，如果有人来找它，就请这个人对着靴子打三个喷嚏，并且把所有兔子都带到靴子里，这个人就可以找到它。"

又一阵鼓声，击鼓的兔子居高临下地俯视着鲁卡，对他龇牙咧嘴地笑。

这听起来真是有点儿荒唐，但是妈妈常说，如果你没有试过，怎么知道这不是真的呢？

于是，鲁卡把靴子拿了起来。一只长毛兔子突然跳到鲁卡肩上用尾巴挠了挠鲁卡的鼻子，害得鲁卡正好连打了三个大喷嚏。

这下魔法一样的事情发生了，靴子像一块磁铁一样开始把房间里所有的兔子连同鲁卡和小飞罗都一个一个地吸了进去，没人能抗拒其中的力量，也没人知道自己到底是怎么掉进去的。只听到稀里哗啦的一片"哎哟！哎哟！哎哟！"声和"扑通！扑通！扑通！"声。

上面的兔子掉在下面的兔子身上，下面的兔子掉在下下面的兔子身上，一个兔子接一个兔子，垒了高高的一打！最后一个掉下来的是鲁卡，等他能够睁开眼睛喘口气时，发现自己正坐在一堆兔子身上，四周是乌黑乌黑的，有一种声音包围着它们，吹奏出窸窸窣窣的调子。大家都屏息听着，突然一个声音从兔子堆里冒了出来：

"是风！是风！我们自由啦！"

原来，他们都从靴子里掉到了一个大草原上。风吹着野草，兔子们高兴地在草里打滚儿。

但是鲁卡手里正拿着月光小兔的星星靴，他没有忘记自己的使命，要在月光小兔消失前把它送回家。他抬头问小飞罗："我们现在该去哪儿呢？月光小兔在哪里呀？"

兔子们高兴完了，也若有所思起来。它们抬头问鲁卡："我们现在该去哪儿呢？我们的家在哪里呢？"

小飞罗在空中突然发出了强光，它有力地拍打起翅膀，仿佛是告诉鲁卡自己找到新方向。于是，几百只玩具兔子就跟随着鲁卡和小飞罗在草原上奔跑起来。风是冷的，它们都饿着肚子，脚下是凹凸不平的，但是大家都骄傲地感到，自己终于成了一只真正的会跑的兔子！

（三）服务到家的纺锤鞋店

不知这样没完没了地跑了多久，小飞罗终于把大家领到了一棵巨人般的紫杉树旁。它绕着树飞了一圈，然后就停在一根树丫上。鲁卡走上前，看到树丫上挂着一块木头牌子，上面写着：

纺锤鞋店，服务到家的鞋店。
要进本店，请用鞋子敲击这里。

鲁卡就拿起手里的星星靴，敲了敲店家的牌子。刚敲完，大树就慢慢打开了一扇靴子形状的大门，里面洋溢着温暖的橙色灯光，流动着悠扬的手风琴声，还有说话的声音。鲁卡带着小飞罗和兔子们走了进去，里面真是别有洞天，一派熙熙攘攘呀！

这确实是个鞋店，店里摆满了琳琅满目的鞋子，还有很多试鞋的奇形怪状的顾客。彬彬有礼的鼹鼠是店主也是店员，它迎面走来，面带笑容地说：

"欢迎光临纺锤鞋店，请问，怎样为您和您的朋友效劳？"

还没等鲁卡回答，兔子们就说："我们要回家！"

"完全可以，我们正是服务到家的鞋店，只要找到合适的鞋，就能找到回家的路。"

鼹鼠说完，空中就飞来好多只大小不一的鞋盘子，盘子里盛着松软的蜂蜜蛋糕和香浓的花生牛轧糖款待顾客。垂涎欲滴的兔子们美美地吃了一顿，把鞋盘子舔得一干二净后，开始心满意足地试鞋子。

鲁卡很为兔子们高兴，但是他还是从兜里拿出寻兔启事，拉住了鼹鼠店主问：

"我是来找这只兔子的？你见过吗？"

鼹鼠店主看不见，但他鼻子很灵。他拿起这张纸闻了又闻，又把鼻子凑到鲁卡手里的靴子前。他仿佛是闻到了一个令人惊讶的味道，激动地说：

"我们有一位客人一直在等一只这样的靴子，配齐了一对，她就可以回家啦！"

鼹鼠一边说一边拉着鲁卡往店的深处走，他们经过了自己会演奏的手风琴，像柳条一样荡来荡去的吊灯，会变大变小的鞋子，和很多陶醉在鞋中的顾客。

这家店真是太奇怪了！鼹鼠店主仿佛能读懂鲁卡的心思，他一边带着鲁卡小跑，一边唠叨了起来：

"这是我们草原鼹鼠家族毕生的梦想，用优质的服务和华丽的工艺，提供家一般的服务！谁都需要一双好鞋，尤其是迷路的人，如果没有一双牢靠的鞋，我们怎么回家呢？我脚上的这双鞋，就是我祖父的祖母的祖父的祖母亲手做的，在我们鼹鼠家族已经传承好几代了。至今穿着，还是又舒服又柔软呀！为我们所有的顾客提供满意的服务是我们至高无上的目标。有一双好鞋实在太重要了，尤其是在这无边无际的大草原上……"

鲁卡和小飞罗跟着鼹鼠拐了七个弯八个角，总算走到了一间特别大的试鞋间，里面堆满了鞋子，却不见有人。鼹鼠店主却对着这座鞋子小山温柔款款地问候道：

"Mademoiselle？Senorita？请问，您找到合适的鞋

了吗？我这里有一只，很衬得上您哪！"

听到这番话，鞋子堆耸了耸肩，从里面钻出一只兔子来，一只脚上穿着一只星星靴。

鲁卡定睛一看，那不正是画上的月光小兔吗？月光小兔看到了自己的另一只鞋子，高兴地扑了上来，一脚就蹬上了。不过，它穿好自己的鞋，又回到了鞋子堆前，满怀深情地拥抱着它们。

鲁卡问它："你是月光小兔吗？快和我走吧，不然你就要错过胡萝卜火箭飞船啦！"

月光小兔听到鲁卡的话，眼中浮现出了泪光，原来它是舍不得纺锤鞋店里的鞋。

"原来您的大名是月光小兔哟！多么曼妙的名字呀，和您空灵的口味真是太般配了。您挑的都是我们鞋店里最经典的款式了。比如说，这款法拉拉鞋，面料和色彩都是一流的，最适合跳德州两步舞；还有这双琪琪乐鞋，舒适轻便，是闲庭信步的最佳伴侣；看这双久久兰鞋，是健身少不了的搭档，造型也很独特优雅；当然，工作的时候，我最推荐您这双源源爱鞋了，是工作装的绝妙百搭——"

鲁卡实在是忍不住要打断鼹鼠店主了："时间来不及了，我要带月光小兔走了！"

鼹鼠店主一点儿也不生气，它反而像是摸透了鲁卡的心思，从西装口袋里掏出一个镶着银链子的怀表，不紧不慢地说道：

"午夜 12 点差一刻钟，还有时间。纺锤鞋店已为您准备了特别通道，直达樱桃园 28 号。不过您走之前，一定要看看这双简直是为您量身定做的桃桃绒鞋，和您的肤色和脚型真是天造地设的一对！"

鼹鼠店主一边没完没了地叨叨着，一边兴高采烈地念念有词起来，只见瞬间，鞋子们就自己配对跳进了 16 个包装精美，打着泡泡蝴蝶结的鞋盒里，每个盒子上都盖着一枚小纺锤印章。而试鞋间的镜子也忽然间裂成了两半，打开一扇门来，门后停着一辆装着很多滑轮的红色溜冰鞋车。

鼹鼠店主温文尔雅地拥抱了月光小兔和鲁卡，一边把它亲手挑选的那双桃桃绒鞋放到了月光小兔的怀里。月光小兔兴奋地在鼹鼠脸上亲了很多下，心甘情愿地跳进了溜冰鞋车里。鲁卡简直是目瞪口呆，鼹鼠店主则微笑着说道：

"纺锤鞋店，服务到家的鞋店。欢迎下次光临！"

（四）月亮城堡

就这样，镜门在月光小兔和鲁卡的身后关上了。

溜冰鞋小车拖着一串鞋盒，载着月光小兔和鲁卡，在小飞罗的引导下一路飞奔，最后在樱桃园 28 号门口来了个急刹车。

原来，樱桃园 28 号就是一个用胡萝卜做的火箭！它正闪着红光，进入倒计时准备发射上天了。鲁卡抱着月亮小兔和小飞罗一下子跳上了火箭飞船，飞船就这样挂着一大串磕磕碰碰的鞋盒子，在轰然巨响中上了天。

在飞船上，鲁卡听到有东西在咕噜咕噜响，原来是月光小兔的肚子在叫。鲁卡拿出了妈妈给他带的饭盒，和月光小兔一起开心地吃了起来。

过了一会儿，飞船到达了月亮城堡，城堡里走出来一只浑身披着银辉的大兔子。

"婆婆！"月光小兔回头朝鲁卡调皮地笑了笑，就拖着它长长的鞋子盒尾巴啪嗒啪嗒地奔入了大兔子的怀中。

"你终于回来了，小月！谢谢你了孩子，你真是个好心人！"

兔婆婆说着，从身上拔出一根银毛，变出一匹高大的兔马，送给了鲁卡。

"好孩子，骑着它回家吧，一路平安呀！"

兔马驮起鲁卡，和小飞罗一起飞回了地球。

弹指一挥间，鲁卡就回到了家，爸爸、妈妈还在门口等着他。一见到鲁卡，爸爸和妈妈就紧紧地把他搂进了怀里。

"你找到月光小兔了吗？肚子饿不饿？"爸爸、妈妈问他。

"找到月光小兔了，它回到它的婆婆身边了！还有很多很多兔子，它们在纺锤鞋店里找到鞋子就可以回家了！我去了月亮城堡，是一匹大兔马送我回家的，看——"

鲁卡转身指去，兔马早已消失在了月光中，地上却留下一枚闪闪发光的东西。鲁卡去拾起来，那是一枚银色的兔子勋章。

他高兴地举起来给爸爸、妈妈看，那光芒，真是像梦一样呢。

| 第七篇 |
DI QI PIAN

窗

窗子的心里，亮了一盏灯
在晚上
捧着黄色的小手炉

很多窗子的心里，亮起很多盏灯
在晚上
喊醒了漫山遍野的小金橘
围在篝火边，红彤彤

星星们
从锅碗瓢盆里爬出来，跳探戈
她们的脚指头，闪闪发光。

鲁卡和孤林小屋

（一）屋子里没有人

有一片神秘的树林，它飘来飘去，神出鬼没，说不定哪天就莫名其妙地出现在你的脚边，召唤你去里面。

大人们说，这是孤儿一样的树林，不着天，不着地，孩子你不要去，去了是没有路可以出来的。妈妈也说，鲁卡你不要去，那里是危险的地方，妈妈会找不到你。可是，鲁卡非常好奇，他特别想去这片有点儿吓人的森林里瞧个究竟。

就有这么一天，鲁卡走在放学的路上，天空滚着黑压压的乌云，豆大的雨点儿突然就啪嗒啪嗒往地上砸。鲁卡连忙把书包顶在头上跑起来，一个劲儿往前冲。

跑着跑着，面前突然就出现了一排高大森严的树，肃穆的树冠向空中撑开巨大的伞盖，挡住了从天而降的滂沱大雨。林中也劈开一条小径，刚好容得下一个人钻进去。鲁卡抱着书包一下子就扎进了这片林子。

鲁卡一进来，就好像陷入了一个黑漆漆的沼泽里。他转身想找进来的那条小路，可却什么也看不见。四面八方，只有黑暗。鲁卡害怕起来，他突然觉得自己可能是遇见了传说中那古怪的孤林，可是这片森林真的像人们所说的那样可怕吗？为什么全是黑乎乎的一片？

鲁卡努力眨着眼睛，想在黑暗中看见些什么。慢慢地，他的眼睛似乎适应了黑暗，终于能在远远的地方看到一个若隐若现的光点。鲁卡不知道那是什么，但这是黑暗中唯一的光。于是，他鼓起勇气向那个光点摸索过去。

这真是一片奇怪的森林，地仿佛在晃动，踩上却去没有一点儿声响；空气好像在游动，冒着咕嘟咕嘟的水声；树似乎在移动，在黑暗中挪着小碎步；那团小光在远方召唤他，对他诉说闪烁的唇语。

鲁卡抱紧自己的书包，踮着脚尖，如履薄冰地走着。他满心好奇，在这片黑洞洞的森林里，这光是从哪儿来的呢？它又要把自己带到什么地方去呢？

就这样走了一会儿，那微弱的光从一个芝麻丁慢慢扩大。先是橡皮那么大，然后是拳头那么大，接着是皮球那么大，后来是灯笼那么大，最后竟有一扇窗那么大！

原来那光是从一扇窗户里映射出来的，鲁卡不知不觉已走到了那面窗下。窗高过了他的头，微微劈开一条缝。他看不见里面有什么，但却能听到：

一个尖尖的声音说："哎，这屋子里太闷了！"

一个粗粗的声音说："哎呀，老躺着真不舒服呀！"

一个嗡嗡的声音说："哎哟喂，我的鼻子又塞住了！"

一个沉沉的声音说："哎呀呀呀，我都感觉不到我的胳膊腿了！"

鲁卡听到这些声音，激动地大喊道："有人吗？有人吗？我在这里！我能进来吗？"

他这一喊，屋子里刹那间变得鸦雀无声，没了一丁半点儿的声音。鲁卡觉得纳闷，就跳起来往屋子里张望，一边跳一边喊："有人吗？有人吗？我迷路了，求求你们让我进来吧！"

可鲁卡嗓子都喊哑了，也没有人答应他，这个屋子像是憋住了一口气，就是不吭声。鲁卡垂头丧气地坐在了地上，不知道这究竟是怎么一回事。

就在此时，窗嘎吱呜咽了一声，鲁卡之前听到的那个尖尖的声音又冒了出来：

"这里没有人，你是谁？"

鲁卡腾地从地上蹿了起来，拼命踮起脚往窗里头张望，窗口确实没有人，可这声音是从哪儿来的呢？

鲁卡问道："你明明说话了，怎么没有人？"

那个尖尖的声音回答："我是说话了，可是这里真的没有人！"

鲁卡越发觉得奇怪了。于是，他只能请求道：

"我叫鲁卡，我也不知道怎么走进了这片黑漆漆的树林，我迷路了。是这里的光把我带来的，我能不能进来？我很害怕，我找不到回家的路！"

鲁卡说完，屋子里似乎又安静下来。鲁卡竖起耳朵贴在窗下，里面好像有人交头接耳在讨论着什么。

过了一小会儿，那个尖尖的声音又发话了："好吧，你可以进来，不过我们开不了门，你可要想办法从这扇窗子里自己爬进来哟！"

"没问题！"鲁卡很高兴，他一边说着就一边准备往上爬。可是，墙上滑溜溜的，他的脚踩不住，一下子就摔在了地上。

"哎哟喂！"鲁卡疼得叫出了声。

屋子里顿时响起了两个新的声音，一个嘤嘤的，一个咝咝的，它们互相说道：

"哎哟！他一定是摔跤了！我早说，青苔肯定都长到我们身上来了，这房子要被它们给吃了！"

"嗨！总算来了一个人，太好了！我都不记得上一次我们什么时候有过客人了！"

鲁卡越听越好奇，这也坚定了他一定要爬进屋子里瞧一瞧的决心。这时，他想起了自己的书包。他把书包里的书全部倒了出来，一本一本摞起来，踩着书从窗口爬进了这座神秘的小屋。

（二）一个忧伤的故事

鲁卡站在屋子里一瞧，这里果然一个人也没有，只有桌子和椅子，桌上横七竖八地摆着很多餐具，有刀、叉、勺、碟、盘，茶壶和茶杯，还有一截快燃尽的蜡烛，原来他看到的正是这截像眼泪一样迷离的烛光。

"咦？那是谁在说话呢？"鲁卡正纳闷，屋子在沉寂了片刻后，突然像炸开了锅，到处都是争先恐后的声音，叽叽喳喳各说各的。

"我说一定会有人来的！"

"他真是个勇敢的人，这么黑的地方也敢来。"

"他能帮帮我们吗？我在这里待够了！我真想出去晒晒太阳！"

"他是我们的新主人吗？没有人的日子，我也是受够了！"

鲁卡仔细一看，原来说话的正是房间里的家具和餐具们。

它们不仅会说话，而且还会动。不一会儿，它们全都凑到了鲁卡身边。

"你们……你们会说话？太奇怪了！这里到底是什么地方呀？"鲁卡现在满脑子都是问号。

这时，一张浑厚优美的花梨木弧线高背椅向他缓缓转过身来，对他说："请坐吧，鲁卡先生。"原来它就是那个沉沉的声音。

鲁卡刚坐下，面前的圆桌子抬起了它高贵的紫檀木脚在原地转了一圈，桌上的餐具却稳稳当当地端着，纹丝未动。桌子不禁得意地说：

"看来我还宝刀未老。欢迎您，尊贵的客人鲁卡。"原来它就是那个粗粗的声音。

鲁卡一低头，就看见一只瓷面白净的茶壶从桌上朝他款款而来，身上洋溢着玛瑙色的条纹和洒金的花蔓，它那修长的嘴壶友好地向鲁卡欠了欠身，并问道：

"您来点儿什么味道的茶呢？薄荷、玫瑰、金丝菊、还是千日红？"原来它就是那个嗡嗡的声音。

最后，一只长柄的银茶匙从一只小碟上站了起来，它的柄身刻有细腻的纹理，勺形如同一枚袖珍的鸽子蛋，真是精美极了。它向鲁卡有礼貌地鞠了个躬，并抬起银色的鹅蛋脸说道：

"你是这里唯一的人，看见了吧？我可没撒谎。你喜欢在茶里来点儿糖？"原来它就是那个尖尖的声音。

鲁卡很高兴自己被当作了一名客人，这时他正好觉得肚子饿了，肚子也不争气地嘟囔了好几声。

察觉到鲁卡饥肠辘辘，屋子里的家具和餐具都笑了，并且又七嘴八舌起来。

"他肚子饿了，我们给他做点儿吃的吧！"一把瘦瘦的叉子说。

"我都很久没做饭了，不知道我还有没有魔法呢！"吊在屋顶上的一口铁锅应声道。

"嗨，这有什么了不起，做一盘蓝莓糖浆松饼我还是有这个本事的！"挂在铁锅旁边的一口平底锅插嘴进来。

"但是说什么也要有火吧，你看，蜡烛的火苗越来越微弱了呢！"一个立在银盘上的玻璃罩唉声叹气地说。

鲁卡仔细一看，它们说的不正是在黑暗中给了他光明的那支小蜡烛吗？那火苗看上去很苍白，细若游丝。他便俯身对蜡烛说：

"谢谢你，蜡烛！要不是你，我根本找不到这里，有可能我就永远走不出去了！可是，你和你的朋友能告诉我这究竟是什么地方吗？你们是谁，为什么住在这么吓人的森林里？"

听到鲁卡的问题，大家都沉默了。

最后，还是蜡烛开了口，它用沙哑的声音叙述了这样一个忧伤的故事：

"这不是一个吓人的森林，原来它可是一片碧草如茵，春兰秋菊的园林，这里的一草一木都是我们的女主人亲手栽培。男主人是个手艺高超的匠人，他亲手设计和建造了这座美丽温馨的小屋，一片一瓦，一砖一木都是他自己垒盖的。我们就是他们的家，曾经的日子是多么幸福！"

"太阳照进我们的窗，窗外鸟语花香，屋里芬芳四溢。男主人把我们擦得干干净净，给我们优美的形状；女主人从园林里摘来鲜蔬瓜果，教我们做各种佳肴。每当晚上，他们就把我点亮，读书作画，弹琴唱歌，有时各自安安静静，有时彼此有讲也讲不完的知心话。他们还对我说，永远也不让我熄灭，因为他们把所有的快乐、希望和美好都给了我，要我永远燃烧下去，永远照亮这座屋子。可是……哎！"

蜡烛长长地叹了口气，喉咙都似乎哽咽了起来。屋子里所有的家具和餐具也都跟着"哎……"了起来。

"可是，女主人后来去世了，美好的日子就这样一去不复返了。男主人变得越来越孤僻。他不说话，更不笑；他不动弹，也不吃东西；他整天睡觉，却总是合不上眼；他面无表情，除了一腔的痛苦。我们眼见着屋外的林子越变越黑，树也是黑的，花也是黑的，地也是黑的，最后天也不见了，都黑了。我们眼见着我们的男主人越来越古怪，他有时狂笑，有时暴怒，他伤害我们，砸坏了屋里的很多东西。"

"但是，每天他总要到这个房间里和我坐一会儿。他只是看着我，像是埋怨我，又像是哀求我，却始终一言不发。逐渐，他变得和一个幽灵一样，这座房子也开始变得和幽灵一样，没了根，没了家的温暖，黯淡无光，到处漂泊，不知道自己要干什么。直到有一天，我们的男主人突然消失了，我们不知道他去哪儿了！"

"他抛弃了我们，不要我们了。我们只好继续地飘来飘去，心想有朝一日也许能找到他。我们曾经是一个家，人去了，就变成一座荒芜的房子。没有主人，没有饭菜，没有笑声的房子算是什么？只不过是一个幽灵的躯壳罢了。"

（三）烧焦的盒子

说到这里，蜡烛停顿了下来，它的声音越来越嘶哑，面容也愈发萎黄憔悴。最后，它说道：

"我的主人让我永不熄灭，我一直很努力地这样做。可是当你被一片黑暗包围的时候，日复一日，光明还有什么意义呢？我太弱小了，我快不行了，瞧我，连说话的力气都快没了。也许这也是我这一生要说的最后一番话了。我只是想让你知道，我们不是怪物，只是一个支离破碎的家。"

银匙忍不住叫起来："蜡烛！你太多愁善感了，你看，这个人不是来了吗？"它那细长的脖子朝鲁卡那里伸了伸。

鲁卡听完这个故事又吃惊又感动，他说：

"蜡烛先生，你不能熄灭呀！如果不是因为看到你发出的光，我就不会找到这里！要是你不行了，这个树林就没有一点点光了呀，你们的家就会变成一个彻彻底底的黑匣子了。再说，我想回家，只有你和你的伙伴能帮助我！"

大伙儿听鲁卡说想回家，一下子有点儿愣住了。

倒是茶壶最有绅士风度。他先开了口，拉过一只小茶杯，往里面倾倒出一股涓涓的清茶，推到鲁卡面前说：

"你是我们的客人，我们应该款待你，先喝了这杯茶吧。大家说是不是，客人到家里来，哪有不招待人就让人走的呀？"

屋子里其他的家具和餐具都觉得茶壶说得有道理，于是在它的带动下也都纷纷忙碌起来，切菜的切菜，做饭的做饭，忙得不亦乐乎。

蜡烛也使尽浑身的力量，为屋里带来暖意。它还唱起一首歌：

小小的窗

暖暖的墙

我们的话儿长又长

四季的衣裳，

翻了一箱又一箱

日子来来往往

记忆里的事情

一桩又一桩

夜夜的心里

醒着光。

在蜡烛轻轻的歌声里，小屋里的锅碗瓢盆仿佛都跳起了舞，手挽手、肩并肩、脚碰脚。不一会儿，鲁卡的面前就出现了一道魔法晚餐。

淌着蓝莓汁的松饼，浇上蘑菇番茄酱的面条，凤梨馅儿的酥饼，和一杯清甜的甘蔗汁。鲁卡狼吞虎咽地就吃了个一干二净。

等他吃完，大家却大眼瞪小眼，闷闷不乐的样子。

"太好吃了，谢谢你们！"鲁卡抹了抹嘴巴。

"哎，可惜你要走了。等你走了，蜡烛就要熄灭了，我们就会一点一点被黑暗吃掉，就像外面的林子一样。"桌子长长地叹了一口气。

"不，不会的！我会想办法，但是我要先走出这个林子。我回了家，爸爸妈妈就不会担心我，他们也会一起帮助你们的！"鲁卡站起来向屋子表示他衷心的谢意。

"可是，你怎么才能走出这个林子呢？"

这个问题让鲁卡很伤脑筋。

正在大家一筹莫展的时候。壁炉的炉膛里发出了奇怪的声音，好像一只木屐咯吱咯吱在走路。鲁卡趴到地上仔细一看，发现地上有一个颜色发焦的木盒子，棱角都被烧没了，身上满是疤痕。

"这是什么？"他把盒子拾了起来，放到烛光下看。

"啊，这是男主人用白杨木做的首饰盒，是女主人生前最最宝贝的一个盒子。原来在这里，怎么变成了这样呢？"蜡烛不禁叫了起来。

看到蜡烛认出了自己，木盒子老泪纵横。他说：

"是的，我就是那个女主人曾经最心爱的木盒子！好久不见大家了！女主人过世后，男主人本来一直把我放在枕边，他每晚就总睁着眼睛看着我，守着我。可是渐渐地，他变得越发消沉，不愿意看到我，还时常把我摔在地上。最后，他把我扔进了火里，想用一把火把我烧掉。在火里，我可真是万念俱灰，心如刀绞呀！但是我还是咬着牙挺了过来，我陷入了沉睡中。刚才听到蜡烛唱起女主人从前常常唱给我们听的歌，我又苏醒了！虽然我已面目全非，但是我有一件珍宝，那是女主人托付给我的，也许可以帮得上忙。"

说完，木盒子吃力地打开了自己。鲁卡发现里面有一条项链，上面拴着一个小巧的金钥匙。

"就是这件宝贝吗？它可以干什么？"鲁卡问道。

木盒子说："男主人想把这片树林和这个小屋变成只属于他和女主人的世外桃源，他就打了这把钥匙，用它锁上了屋子里所有的门，锁住了这里所有的一切。他本想扔掉这把钥匙，但是女主人却保留了下来。她希望有一天，欢迎所有的人到我们的家来做客。所以，用这把钥匙就能打开这里所有的门，帮我们找到外面的世界！"

听到木盒子这么一说，屋子里所有的东西都激动得热泪盈眶，大家的目光一下子全都落到了鲁卡身上。鲁卡也非常高兴，他连忙拿起金钥匙，对蜡烛说：

"蜡烛先生，请您再坚持一下，用最后的光芒帮我找到那些被锁住的门吧！"

于是，蜡烛又打起了精神。在它的帮助下，鲁卡找到了这个屋子里所有的门。这些门一一地被鲁卡用金钥匙打开了，除了最后一扇门，又大又重，堵在了大家的面前。

看到这个情景，屋子里所有的锅碗瓢盆，桌椅家具和刀叉碟盘都跑过来帮忙。在大家的努力下，鲁卡终于用金钥匙打开了最后一扇门，并在大家齐心协力的帮助下推开了这座沉甸甸的大门。

门一开，外面的光线就像海水一样涌进了这座孤林小屋，也涌进了大家的眼睛里。蜡烛看到的时候，留下了一颗大大的泪珠，凝止在它苍白的面颊上。

孤林从此以后再也不是一片怪林了，那已经是从前的传说。鲁卡回到了家，把爸爸妈妈和大家带进了孤林和小屋。

阳光中，黑色的树林慢慢恢复了颜色，一点一点重新抽芽发枝，开花结果。小屋成了人们在树林中休憩野餐的凉亭，大家都使用它，打扫它，装扮它和爱护它。孤林不再像空中的浮萍一样飘来飘去，它终于落了地，扎了根，找到了自己的新家。

睡美人

——鲁卡系列故事

不要叫醒她
让她多睡一会儿吧
花骨朵儿还在她的白纱帐
享受梦的辰光

小猫来抓抓
小狗来挠挠
还有讨人厌的大黄蜂
"磨剪子嘞，抢菜刀！"

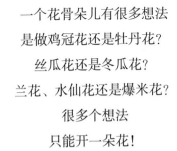

一个花骨朵儿有很多想法
是做鸡冠花还是牡丹花?
丝瓜花还是冬瓜花?
兰花、水仙花还是爆米花?
很多个想法
只能开一朵花!

园丁来催她,
"快开吧,快开吧
我的小花!"

这个花骨朵儿

还在梦里梳着她的头发

有多少个想法

要慢慢发个芽

只有一个小蚊子

飞进了她的门里

爱上她

只有小蚊子轻声地向全世界宣布：

"请勿打扰她……"

鲁卡和绿婆婆的种子

（一）树上的绿婆婆

下雨的时候，云上仿佛积了一层厚厚的灰，抖得一地都是，地上也全都是灰的。

树还没有长出头发，小草还没有冒出嫩尖，花朵和果实也没有踪迹。

这样的时候真是让人无精打采，尤其是一个人的时候。

鲁卡就这样一个人走在放学回家的路上。他有时会停下来，放下伞，让雨点打湿头发。他还会使劲儿仰着脖子看下雨的天空，心想为什么这时候不会开来一架红色的飞机往地上洒酸酸甜甜的石榴汁呢？

他就这样看着天空胡思乱想，虽然没看见会洒果汁的红飞机，却突然发现天上摇摇摆摆飞来一团鲜绿的东西，落在一棵树上，在一片灰蒙蒙的世界里真是绿得出奇。

鲁卡撒腿就朝那棵树跑去。待他跑到树下，抬头定睛一看，那树杈上分明坐着一个绿婆婆，浑身上下都透着豆绿色的青光，光里透着叶脉一样朦胧的翡翠细纹，十个柳叶一样的手指正捏起一条葱心绿的被子，颤颤巍巍地缝着。

这位婆婆从头到脚、从里到外的绿在雨里真是显得格外醒目。

"老婆婆，您为什么坐在树上？您在干什么呀？"鲁卡朝着树上喊起来。

树上的婆婆似乎耳朵不好，并不搭理，还是专心又吃力地缝她的被子。

"老婆婆，您为什么不打伞啊？您不怕淋湿吗？被子也湿了呀！"

树上的这位婆婆依旧我行我素。

鲁卡见绿婆婆没应他的话，心想也许是婆婆听不见。于是，他干脆爬上了树，打算把自己的伞送给绿婆婆。但奇怪的是，这树在地上看着不高，却老也爬不到尽头，树干好像还在噌噌噌地往上长。

鲁卡不甘心，憋足了劲儿也噌噌噌地跟着往上爬。

但是，爬了一阵儿，鲁卡实在爬不动了，想下去吧，往下一看，都看不见地面了，他心里就害怕起来。

往上看，绿婆婆似乎一伸手就能碰到，他终于忍不住叫起来：

"婆婆，帮帮我！我要上来！"

绿婆婆还是充耳不闻，仍旧在她的树杈上坐得四平八稳。

鲁卡只好靠自己，手拼命地往上攀，没想到这次真给他抓到了那条绿被子的一个小角。他就使劲儿地拽住，好像拽住了一根救命稻草似的，拼命抓着往上爬。也不知怎么的，这次他终于爬到了头，一屁股坐到了绿婆婆身边，一根巨大的满是瘢痕的树枝托住了他们俩。

鲁卡这才惊讶地发现，虽然天还在下雨，自己身上却是干的，绿婆婆倒是浑身湿漉漉的，那条被子更是滴滴答答，直往外冒绿水。鲁卡连忙撑起背包里的伞，为绿婆婆挡雨，一边凑到绿婆婆的耳边大声地说：

"婆婆，您为什么要坐在这里呀？您不怕被雨淋到吗？"

绿婆婆这次终于听见了。

她慢慢地转过头来，瞪着一对瓜皮绿的长眼睛惊讶地看着鲁卡，好像鲁卡奇怪得不得了。鲁卡从没见过这么绿的眼睛，简直不像眼睛，像是可以吃的绿玛瑙葡萄，里面盛着满满的一包汁液。

"你帮我穿个针吧？我老眼昏花了，针眼太小，我穿不好。这被子要赶快缝好，你看看，大家都等着盖被子呢！"婆婆说完，就把手里的针线塞给了鲁卡，一边眯眯笑地打量着他，好像是客气地催他："快干活儿吧！"

鲁卡虽然从没做过针线活儿，却心想："这有什么难的？"

于是，他一手捏着一根细如发丝的银针，一手攥着好似一条泥鳅般扭来扭去的线，一心一意地穿了起来。不过，穿起来才知道，这活儿真不省心呀！针拿住了，线却跑了；线拿住了，针却歪了；线和针都拿稳了，眼睛却花了！穿了一次又一次，怎么也穿不进去呢！

鲁卡真不想干了，他正要开口和绿婆婆讲，一抬头却看到绿婆婆那双笑嘻嘻、水汪汪、绿盈盈的长眼睛好像就要看到他心里去了，他这下倒不好意思起来。

于是，他又低下头专心地穿起了线，可是还是不成功。

这时，绿婆婆打了个长长的哈欠，伸了个大大的懒腰，一边慢悠悠地说起了风凉话：

"哎呀，现在的年轻人和个老太婆差不多呀，到现在还没穿好哪？我年轻的时候呀，闭着眼睛都能把十根头发丝穿进芝麻眼儿里！我还是先打个盹儿吧！"

听到这话，鲁卡既生气又不服气，心想："婆婆吹牛，我就不相信有人闭着眼睛就能把线穿进针孔里！"

但是他突然又想："闭着眼睛真的能把线穿进针孔里？"

他一边想一边斜着眼睛瞥了下绿婆婆，这位古怪的婆婆居然张大了嘴巴打呼噜呢！

"婆婆睡着了，我也来试试闭着眼睛穿针！"鲁卡这样想着，就闭起了眼睛。

闭上了眼睛，风停了，雨也停了，周围安静极了，心里也就安静了。

抬起手，手就像云朵一样浮在空中，手指像小鸟一样轻快地穿梭起来，十个手指头似乎有非凡的能力，具备了十八般武艺，可以轻而易举地拾起看不见的针和总爱开溜的线。

忽然，鲁卡的耳边仿佛淌过一条小溪，那声音令他一下子睁开眼睛。

多么不可思议！手里的线居然穿过了针眼，线也不再扭了，老老实实地卧倒在鲁卡的手心里，就像是一条横冲直撞的小河终于找到了自己的河道。

"婆婆！我穿过去了！穿过去了！"鲁卡一高兴，忘了自己是悬在半空中，腾地一下就站了起来。等他低头一看脚下踩了个空时，他的身子已经不由自主地开始往下掉。

这个节骨眼上，鲁卡着急的是自己好不容易穿好的针线还没给绿婆婆看呢！于是，他一边往下掉一边举起手大声地喊道：

"婆婆！拿着线！我穿好了！快，快！"

接着，鲁卡就觉得自己好像是在云雾里翻筋斗，但很快婆婆的声音就传来了。

"孩子！我拿住线了，这活儿做得不错呀！你别松手，拽好了，我把被子缝好就来救你！"

心慌意乱的鲁卡虽然很想抱怨婆婆不讲义气，但还是拽住了针的一头，没想到真的有人拉住了线的那头儿，把鲁卡像空中飞人一样吊得团团转。

鲁卡转得都快要吐了，婆婆终于从天而降，一挥手，用她那条葱绿色的大被子把鲁卡裹成了个包袱，绑在了身上，迈着两个纸船一样单薄的小脚，稳稳当当地在空气中行走了起来，好像是驮着鲁卡下山一样。

"婆婆，我自己走！"

"我也是大男生了，怎么能让老婆婆背着？"鲁卡心想。教人看见是要被笑话死的。

但是婆婆的耳聋病又犯了，她丝毫听不见鲁卡又喊又叫，好像也感觉不到鲁卡又踢又闹，一路就背着鲁卡，哼着小曲儿，手里也没闲着，继续做着她的针线活儿。

等到鲁卡消停了，他们也从树上安然无恙地走到了地上。

鲁卡一下子，就从绿婆婆的被子里滚了出来，脸涨得通红。

不过，绿婆婆倒是毫不在意。她眯起那对细长细长的眼睛，拍了拍她的被子，打了个小包，又驮到了背上。

临走，她拉起鲁卡的手，在他手里放了一样东西，对他说：

"好孩子，谢谢你帮我穿好了针！现在我要送被子去了，这个你拿着，不能让你给我这个老太婆白干活儿。晚上呀，别忘记把这个放在枕头底下。好了，时间不早了，我要赶路了。再见了，孩子！"

说完，绿婆婆就背着她的被子走了，一会儿就不见了身影，可是灰色的水泥地上却能看见一串淡绿色的小脚印，所到之处都长出了可爱的绒草，在灰蒙蒙的世界里生意盎然。

"绿婆婆！婆婆！"

鲁卡朝着脚印的方向呼唤。

不过那时，脚印都早已消失了，只剩下春天来时的第一片草叶。鲁卡低头看了看自己的手心，那里有一颗金色的种子，好像一颗熟睡的鹅卵石，正在酣眠。

（二）种子小莲

晚上，鲁卡照绿婆婆说的，把种子放在了枕头下面。他翻来覆去睡不着，时不时把枕头翻过来，看看那颗种子有什么变化。

不过，种子还是种子。看了好几回，鲁卡累了，不知不觉就睡着了。

他做了一个梦，梦见绿婆婆朝那金色的种子吹了口气，种子就像一个小盒子一样从中间裂开，从里面露出一个很小很小的花园。花园里有很多园丁小人手拉手围着一个地方跳舞。他们有的拿着洒水壶，有的拿着剪刀，还有的拿着红绳子。鲁卡把头凑近了去，还能听到他们在唱歌：

> 不要去叫醒她，
> 让她多睡一会儿吧
> 金花银花牡丹花
> 比不上洁白如雪的她！

她是谁呢？鲁卡感到纳闷，于是他又把头凑近了点儿，左看右看，只看到园丁们围着一个白纱帐笼罩的小不点儿摇篮。

园丁们一边跳舞一边唱歌，还一边轮流摇着这个小摇篮。鲁卡不禁问道：

"她是谁呀？"

他一出声就把园丁小人们吓坏了，他们赶紧收拾好了工具，抬走了摇篮，种子又合了起来，小小花园瞬间消失了。

鲁卡刚想抬头问绿婆婆这是怎么回事，却发现绿婆婆也不见了，地上只剩下婆婆的绿被子，在脚下越变越大，最后变成了无边无际的田野。

鲁卡站在田野里，一阵风吹来，把他的梦吹散了，他就醒了。

醒来的鲁卡想起了枕头下的种子，连忙掀开了枕头看。

咦？种子不见了。他床上床下都找了一遍，也没找着，会去哪里呢？

他正琢磨这个问题，突然在镜子里看到自己的脑袋上鼓起了一个大包，这个包好像还在动！

鲁卡急忙凑到了镜子跟前，拨开自己的头发看个究竟。这一看，可把他吓了一大跳，原来他的头上长了一个大大的花骨朵儿，正高兴地摇头晃脑呢！

鲁卡忙用手心按住从脑袋上往外顶的花骨朵儿，想把它硬生生按下去，没想到那个花骨朵儿居然"哎哟"叫了起来。

鲁卡一怔，正准备要开口，那花骨朵儿居然先发制人：

"你干吗掐我？我可是一件宝贝！"

鲁卡问："什么宝贝呀？你是怪物吧，为什么长在我头上？"

花骨朵儿就说："不是你昨天晚上自己把我放在你枕头底下的吗？也是你吓走了我的园丁吧？你想知道我是谁，我今天就来了呀！"

鲁卡觉得这太离谱了，难道这就是绿婆婆给他的种子？更不可思议的是，那个花骨朵儿好像完全知道他在想什么，马上回答道：

"对呀，那就是我！我的名字叫小莲！"

正巧，妈妈来敲鲁卡的房门，催他起床上学。鲁卡一边应声马上就好，一边死死地堵住门。

这下，他更着急了，像热锅上的蚂蚁没了主意，并埋怨起来：

"你到底是什么东西呀！干吗一定要长在我头上，我怎么出门见人和上学呀？"

花骨朵儿笑起来，说："你不让人见到我，大家怎么知道我是件宝贝呢？别担心，我会给你带来好运的！"

鲁卡心想，这已经够倒霉了，哪有这样的好运呀！他只能在屋子里翻箱倒柜，找出一顶大帽子遮在头上，并警告花骨朵儿说：

"我现在要上学去了，你千万不许跑出来，否则我就完蛋了！"

这回，花骨朵儿并没有顶嘴，也不摇它的脑袋了，乖乖地藏到了鲁卡的帽子下面。

鲁卡惴惴不安地来到了学校，总觉得大家都用异样的眼光在打量他，好像知道他有个不可告人的秘密。

因为害怕别人揭他的帽子，他不得不时时刻刻捂着脑袋，大家都以为他头疼。坐在课堂里的鲁卡其实什么也听不进去，他感到脑袋很不舒服，犯晕、犯困，还有点儿轻飘飘。不一会儿，他就在课堂上打起了盹儿。

睡了不知多久，鲁卡突然被一阵哄堂大笑吵醒了，他揉揉眼睛，一脸茫然地看着四周，发现所有人都对着他的头指指点点，交头接耳。

他觉得莫名其妙，不禁摸了摸脑门，这才意识到帽子不见了，原来大家都看到他的秘密了！

正在他羞得无地自容的时候，有一个声音从他脑袋上冒了出来，虽然很轻，但所有人都听见了。

刹那间，教室鸦雀无声，只听见那个声音说：

"有什么好大惊小怪的？我叫小莲，鲁卡是我的好朋友，今天和他一起来上学，大家请继续上课吧！"

教室里所有的人都面面相觑，连老师都惊呆了，谁还有心思上课呀！

在沉寂了片刻之后，教室里一下子炸开了锅，孩子们好奇地拥到了鲁卡的身边，打量着他脑袋上这个奇怪的花骨朵儿，你一句我一句地和她聊起来。

"你是妖怪吗？"

"你是人吗，你为什么会说话？"

"你想吃掉鲁卡吗？他的脑袋有薯片好吃吗？"

"你可以走路吗？会飞吗？"

"你为什么在鲁卡的头上？你有爸爸妈妈吗？"

小莲不慌不忙地一一作答：

"妖怪长什么样子？"

"只有人会说话吗？"

"我吃素，不吃人，'鼠片'是把老鼠切成片吗？"

"鲁卡走到哪里，我就走到哪里。我又不是鸟，怎么会飞？"

"他梦见我了，我就从他的头上长了出来。绿婆婆是我的爸爸，也是我的妈妈。"

鲁卡听到小莲说绿婆婆，猛然想起正是绿婆婆给了他一颗种子，并嘱咐他放在枕头下面，还以为是什么好东西呢，没想到竟然是恶作剧！

（三）不速之客们

鲁卡正生气的时候，突然教室外面一片喧哗，人声鼎沸，不可开交。原来，鲁卡脑袋上的这个花骨朵儿竟然已经变成了一件奇闻立刻传遍了四方。各路人马纷纷来到学校，把鲁卡的教室挤了个水泄不通。这些人各有来历，他们带着各种各样的目的来到鲁卡的面前。

先来的是位小个子富翁。此人头戴一顶金光闪闪的高帽子，脖子上缠着几十根丁零当啷的金链子，脚上穿着一双笨重的金靴子，被一大群人簇拥着走进了教室。

因为比鲁卡矮一个头，侍从们不得不费劲儿地把他抬了起来。

小个子富翁一看到鲁卡头上这个稀罕的花骨朵儿，眼睛立刻放出了金光，皮笑肉不笑地对鲁卡说：

"小家伙，你头上这朵花出个价钱吧？你出多少钱，我都买，尽管说吧！"

鲁卡不明白为什么这个富人会有这样的要求，就问：

"你为什么要我头上这朵花？"

富人说："我的宝贝女儿明天就要过生日了，她的礼物太多了，什么都不稀罕。今年一定要我找一件她从没见过的新鲜玩意儿，否则就不认我这个老爸。我觉得你头上这个东西有意思得很！再说，你不想要成为我这样的人吗？你卖给我，我就能让你发财！"

听到这些，小莲忍不住开口了，她说：

"我可不是什么玩意儿，我叫小莲！你真的可以让鲁卡变成一个富有的人吗？如果是真的，我乐意做你女儿的礼物，不过要鲁卡答应才行，我听从他的旨意！"

富人一听，就对鲁卡说："小家伙，你愿意我拿一座海岛、三个城堡和十箱金币跟你换这个什么什么小莲吗？"

鲁卡前一分钟还在冥思苦想怎么才能摆脱小莲，这会儿却不知为什么有了一种保护小莲的愿望。如果变成一个富人，会怎样呢？鲁卡从来没有考虑过这个问题。

但是此刻，他能清晰地感受到小莲的心里在想什么，也许是因为他们的身体连在一起吧！小莲担忧自己落在一个被宠坏的孩子手里，很快就会变成一件不被珍惜的东西。于是，鲁卡回答道：

"对不起，先生，我不是什么小家伙，我叫鲁卡。小莲是我的朋友，我不会把我的朋友当作一件礼物送给人家的，哪怕是您的千金！再见吧！"

这非常出乎富人的意料，因为用钱解决不了的问题他很少在大人身上碰到，没想到一个小孩子居然拒绝了他。于是，他的笑容一下子就消失了，并说道：

"小子，你长大了会后悔的！"

富人就这样走了。

他前脚刚走，一个古里古怪的魔法师就来了。他身着一件很长很长的风衣，上面插满了孔雀羽毛，所有人都不得不站到一边，因为有一长串的侍从正恭恭敬敬地端捧着他那条招摇过市的孔雀毛尾巴。

此人不怎么笑，眼窝好像陷在脸上的两个黑洞里。

他也压根儿没把鲁卡放在眼里，只是围着他一边走一边打量着他的头。

经过良久的考察，魔法师突然神神秘秘地说：

"这朵花是个宝贝。我一直在寻找这样一件宝贝，洁白如雪，纯净无邪，是世间独一无二的花精。万万年前老祖宗的魔法宝典里就有这么一个方子，谁要是获得了这个花精，把它装进我这灵丹瓶里，慢慢地用火熬着，就能酿制出长生不老的精油。谁有了它，谁就能够活万万年，永垂不朽！"

他一边说，一边从袖子里拿出一个小瓶子，那瓶子里果真有一团火焰。魔法师一激动，那火舌就烧得越旺，蹿得更高。魔法师浑身的羽毛也都颤动了起来，像一只疯狂发抖的孔雀。

说完这番话，他转向鲁卡，郑重其事地说：

"小东西，请把这个花精交给我吧，我也会让你和我一样长生不老的！呃……我活万万年，你活一千年，够长了吗？"

还没等鲁卡开口，小莲就抢着先说话了：

"我不是什么花精，我叫小莲，你真要把我放到那个瓶子里做长生不老药吗？我不怕，鲁卡是我的主人，如果他愿意，我就愿意！"

于是，魔法师就满脸堆笑地问鲁卡：

"你，小东西，想要永远活下去吗？"

　　鲁卡觉得这是一个很好笑的问题，一个人为什么要永远活下去呢？难道这个法力无边的人不知道每个人就像一朵花一样，会开也会谢吗？小莲不说，鲁卡也能感觉到她心里的恐惧，谁乐意被装在一个小瓶子里用火熬呢？这样盘算的人大概是个魔鬼吧！

　　于是，鲁卡很坚定地回答道：

　　"对不起，魔法师，我不是小东西，大家都叫我鲁卡。我不想要什么长生不老，我才不会把我的朋友小莲送给你关在瓶子里。如果您想活上一万年，您得另想办法了，请不要再围着我们了！"

　　听鲁卡这么一说，魔法师脸色一沉，狠狠地甩了鲁卡一个眼色：

　　"你坏了自己的好事，蠢蛋！"

　　扔下这么一句后，魔法师就噗地消失在一团烟雾中，只留下一地烧焦了的孔雀毛，让大家目瞪口呆。

　　鲁卡和小莲刚刚以为可以喘口气了，没想到窗外突然飘来一个巨大的热气球，一个戴眼镜、穿白大褂的秃头男人手忙脚乱地从窗户爬了进来，手里还拎着一个沉甸甸的箱子。他吃力地拖着箱子，没想到不小心绊了一跤，箱子磕在地上，里面掉出来各种各样的瓶瓶罐罐和稀奇古怪的颜料。这引起了小莲的好奇，她就问：

　　"你又是谁？你是来找我和鲁卡的吧？我叫小莲，你知道吧？我不是妖精！"

这个科学家没想到这朵花居然会说话，本来说话就有点儿结巴的他，这下更结巴了。

"我我我……我我会做标标标标本，我能能能……我能能能……能把你做……做成永永永……永永……永生花吗？"

原来这是一位标本制作家。

鲁卡和小莲都不明白标本家说的是什么意思，于是他们异口同声地问道：

"什么什么花？"

标本制作家忙着在地上收拾他的家当，好不容易收拾完了，他才松了口气，这才能够不那么结巴地回答鲁卡和小莲：

"永……永生花，就是用我发明的技……技术让花儿永葆美丽的颜色和形状，看上去就像没……没没没……没有凋谢一样。我想做出世界上最漂亮、最动人和真正可以永永……永永永……永远保存的标本，就要找到世界上最新新……新鲜和最优优……优质的花朵，你头上这朵就是我苦苦寻寻……寻觅的啊！"

标本家一边说，一边从箱子里倒腾出很多玻璃盒子来，每个盒子里都装着一朵栩栩如生的永生花，被小心翼翼地保护在玻璃罩子里，虽然妩媚可爱，却都是弱不禁风的样子。

然而，标本家却神采奕奕，显然，世界上没有什么比永生花能让他更为骄傲的了。

这时，小莲禁不住问：

"可是，你为什么要做这些永生花呢？"

标本家回答说：

"如果我能做成世界上最最美丽的永生花，我就能和这些花儿一样流芳百世，人人都会知道我的名字和我的杰作，人们会用我的名字命名花卉、植物园、博物馆、展览会、实验室、城市，甚至一个国家！我有一个响亮的名字，那就是聪明、高尚、勤奋、努力、热情、好学、智慧、谦虚、有远见的……"

鲁卡和小莲奇怪的是，这个标本家怎么一点儿不结巴了，他们还从来没听过一个这么啰啰唆唆的名字，听了半天也没听完。

小莲不耐烦地打断了标本家，说道：

"如果我愿意成为一朵永生花，你能给我们什么回报呢？鲁卡是我的主人，如果他乐意，我就答应你！"

标本家觉得他的提议有希望，于是赶紧解释说：

"那我会把你——也就是我未来毕生的杰作——以鲁卡来命名，这样他就会成为一个世界闻名的尊贵人物！他将是一个名人！不，是名人里的名人！"

鲁卡不知道做个名人里的名人有什么意思，为什么要全世界的人知道自己呢，难道只是做鲁卡还不足够吗？再说，他觉得那些永生花虽然好看，却像纸片一样，只能生活在玻璃罩子里，不能碰，不能闻，更不会像小莲一样说话。谁会愿意变成一个标本呢？一动不动，也不能走路。

这些促使鲁卡做出了他的决定：

"不，先生，我不能把小莲给你！她很活泼好动，还爱说话，我认为她不适合做标本。您愿意把自己做成标本吗？这样做一定很难受！您还是去别的地方找可以做成标本的花朵吧，祝您好运！"

听到这番答案，标本家大失所望，于是他不得不收起他那琳琅满目的永生花，拖着大箱子往窗口走去。临走，他略有激动地说：

"你放弃了做一个大人物，孩子！这是个严重的错误！"

说完，他就从窗口爬了出去，消失在他那庞大的气球里。

（四）一粒种子只能开一种花？

这一天，鲁卡和小莲遇到了各种各样的人，他们想尽了各种各样的办法来获取小莲。可最后，这些人都不得不空手而归。

学校也放学了，鲁卡要回家了，他不再遮遮掩掩。

一天中，他已经习惯了人们的大惊小怪和众目睽睽。小莲仿佛是他的一部分，他也不再觉得那么惊慌失措和羞愧害怕了。

走在回家的路上，小莲对鲁卡说：

"谢谢你把我当作你的朋友！可是我该怎么谢谢你呢？我是一件宝贝，你可以用我换取世界上最贵重的东西和神奇的法力，可是你都不要。你想要什么呢？"

鲁卡不知道该怎么回答这个问题，他的脑海中有很多想要的东西，比如说可以一下子跳到天上的弹力球，能飞起来的鞋子，像巧克力一样好吃的书，但是妈妈说真正的宝贝是不会从天上掉下来的，要自己去找。他就对小莲说：

"我不知道……你呢，你想要什么呢？"

这个问题把小莲难住了，她沉思片刻，才回答道：

"绿婆婆说，一粒种子只能开出一种花，可是为什么一定是这样呢？我想开出不同的花！像所有的花一样，又和她们全都不一样！那该多有趣啊！"

小莲话音刚落，突然一阵笑声从天空中传来。他们抬头望去，不禁异口同声地叫起来：

"绿婆婆！绿婆婆！"

绿婆婆一阵风似的来了，她笑吟吟的绿眼睛就像从熟透的豆荚里蹦出来的小豌豆一样，溜溜地转个不停。

她朝小莲轻轻吹了口气，小莲就不见了，鲁卡一摸脑袋，自己的脑袋又变圆了，再没有鼓出来的肿包了。他很惊奇，就问道：

"小莲呢？她怎么不见了？"

绿婆婆打开了她那布满了叶脉的透明手心，那里握有一粒小巧的金色种子，正是当初绿婆婆送给他的那一粒。绿婆婆把种子放到了鲁卡的手心里，对他嘱咐道：

"好孩子，小莲就睡在这种子里头，她是一个爱做白日梦的种子公主。我现在就把她交给你了，你把她种到土里，就会得到来自大地的一件宝贝，也许那才是你想要的。"

说完，绿婆婆的身影就在空气中渐渐消失，只有那双充满笑意的绿眼睛好像萤火虫，一深一浅地拖曳着一道淡淡的光晕。

鲁卡把种子带回了家，并和妈妈一起种在了家门前的小园子里。

没想到的是，第二天，这粒种子就发出了金色的芽，第三天就冒出了金色的叶子，第四天就开出了一朵金色的火焰花，第五天变成了一朵白色的天鹅花，第六天变成了一朵蓝色的飞机花，第七天又摇身一变成为了一朵火红色的西瓜花，没有一天的模样是相同的！

在一片灰蒙蒙的世界里，这朵花带来了一小片春天。

那一小片春天把周围的街坊染成了一大片春天。那一大片春天就像一条绣满了小花的绿被子盖在了所有人身上。

邻居们每天都要来观赏和问候一下这朵奇异的花，

甚至有陌生人远道而来只为一睹它的姿容。据说看到它的人都有一种心花怒放的感觉。

妈妈也觉得这花太与众不同了，她就问鲁卡：

"这到底开的是什么花呀？"

鲁卡就笑嘻嘻地说：

"那是大地的一朵宝贝花！"

他也每天都会去照料这朵花儿，并把它叫作小莲。

| 第九篇 |
DI JIU PIAN

海螺

——鲁卡系列故事

大海的心脏

是这只海螺

佩在金色的胸腔

眺望此起彼伏的远方

大海的心脏

就是这只海螺

一间海上的新房

弯弯的过道连着弯弯的厅堂

刻一扇淡绿色的门

骨头一样硬

里面，铺上鱼卵、细沙和海藻

任凭海浪咚咚地把门敲

梦还是一样圆

黎明前下一枚金鹅蛋，藏在水草里

静静，悄悄

那些时光一定是好的
才有一颗这样美的心
裹着奶油色的花纹
像清晨烤好的羊角面包，散发蜂蜜的香

那些时光一定是苦的
才有这样一颗无声无息的心
喝下暴雨、闪电和岩浆
弯作一只坚强的耳朵，竖立在黑夜的渔网

就是这只海螺
他是大海的心房

波涛给他光滑的肌肉
浪花教他欢腾的泳姿
漩涡赋予他迷人的微笑
海风拨动他骨骼的竖琴

就是这只海螺
建起小小的宫殿
坐在大大的海边
里面住着他，和他自己
向窗外望去，
天空是微蓝的
海水一样的，凉。

鲁卡和鹦鹉螺船长

（一）破屋子

妈妈在看云，爸爸在看水，鲁卡跑来跑去捉小螃蟹。

在一个沙滩上，鲁卡一家就是这样度过一天的。

别处是冬天，这里却是夏天，到处都是海水暖暖、湿湿、咸咸的味道，仿佛渗透到空气中的每一个毛孔里。

这个海滨小镇有个让人难忘的名字，叫宝贝，因为它盛产形形色色美丽的贝壳，每一个贝壳都是一件独一无二的宝贝。小镇上还有很多贝壳博物馆，陈列着世界上最最稀罕的贝壳。

有一个博物馆可真不像个博物馆，外面看就是一座木头都快烂掉的破屋子。鲁卡走过的时候，都没注意，但是他听到有两个小男孩在说话。

一个小男孩问："你敢不敢去？听说这个东西会吃人……"

一个大男孩不屑一顾地说："你真傻，这种话也信！"

那个小男孩又说："我听别人说的，有人看见它吃了一只大猫……"

那个大男孩满不在乎地说："鬼才相信那个家伙能吃下只猫！不就是一个大海螺吗！"

两人说完，停顿了一下，朝那个小破屋子不约而同地瞄了一眼，然后就推门走了进去。

鲁卡听完之后很好奇，也尾随那两个男孩走了进去。

这个博物馆不需要买票，也没有守门人，门口只是挂着一个不起眼的牌子，牌子上写着一行很小的字：

"世界上最最最、最最最最最、最最最最最最最、最最最最最最最最最古老的活化石……"

鲁卡都数不清这行字里用了多少个"最"字，但还没等他看到句子的结尾，就听到屋子里传来那两个男孩哈哈大笑的声音。这下子，鲁卡可更好奇了，就连忙推门探了进去。

屋子很小，也很暗，只有一扇小小的木格子窗透进一束光来，落在房间的正中央。

那里，鲁卡看到一具高大的贝壳坐落在地板上，特别像一个法国圆号，比鲁卡个头还高。只见那两个男孩正东一脚、西一脚地往贝壳上踹，比赛着谁能踢得更狠更猛，直把这个大贝壳捶得咚咚响。

他们一边踢一边笑，但过了一会儿，似乎是玩腻了，两个人就停下来。

只听到大男孩说："这东西还挺结实，撩不到！"

小男孩说："世界上最古老的活化石就长这个样子啊！"

大男孩又说："你敢不敢和我爬上去玩儿！我们骑在上面看看！"

小男孩犹豫了一下，才回答："当然……当然敢！这有什么难的，和爬墙差不多！"

于是，两人就行动起来。

小男孩先做垫底的，让大男孩踩在自己单薄的脊背上爬到了贝壳的顶部。接着，坐在上面的大男孩连拖带拽地把小男孩也拉了上去。两人一同得意扬扬地骑在贝壳身上，假装是在骑马，一边神气地挥舞着马鞭，一边用力地蹬着贝壳肚子，又肆无忌惮地大笑起来。

　　但没过多一会儿，这个也玩腻了，两个人就下来走了。

　　临走，他们看见了一直站在角落里偷偷看着的鲁卡，就向他做了个鬼脸，吓唬他说：

　　"小心！这个家伙会吃人！哈哈！"

　　鲁卡才不理会他们唬人的话，这两个男孩走了，他正好可以走近看个仔细。

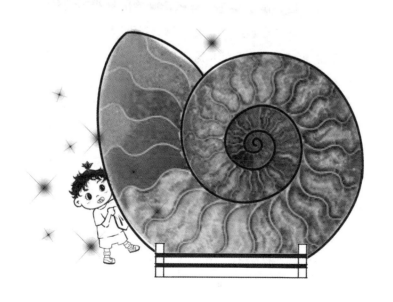

这具贝壳纹丝不动，一副古老威严的样子，它的身上积着厚厚的灰垢，脏兮兮的，活像刚从地底下挖出来的老古董，还带着干了硬了的泥饼烙印，不像海滩边鲁卡看到的小贝壳，一个个都被海水刷得又白又亮。鲁卡不禁思量，如果把这个贝壳洗洗干净，应该也会很好看吧！

鲁卡一边想，一边就朝手心里吐了口唾沫，在贝壳身上擦了起来。没想到，鲁卡每擦一下，壳体上就会闪现出一道花纹，像一道道非常细小而明亮的闪电，把贝壳照得通透，逐渐掀开它神秘的面纱。

这下，鲁卡越擦越起劲儿了，他干脆把衣服脱下来当抹布，卖力地当起了清洁工。贝壳渐渐露出真面目，原来那上面是布满了年轮一样密密麻麻的红褐色花纹，从一个肚脐一样的地方长出来，像蜘蛛网一样散射开来。鲁卡擦得越用力，花纹就越耀眼。不一会儿，整个贝壳就像通了电一样，把房间照得亮晃晃。

此时，鲁卡已经满头大汗，他停了下来，惊讶地看着这个大放异彩的贝壳，并把耳朵和脸颊都贴到贝壳身上，听听里面有什么声音。贝壳也有心脏吧，如果它还活着，就一定能听见它心跳的声音。鲁卡从这头儿走到那头儿，听了半天，却什么也没听见。

这时，他摸到了一扇门一样的东西，堵住了这只大鹦鹉螺的口器，他禁不住用手摸了摸，敲了敲。

这一敲，万万没想到的是，那原本封住的大口器居然咕咚咕咚转动了起来，并砰的一声从里面拱出一个盘绕着很多触手的大脑袋，后面还有一对白乎乎、空洞洞的大眼睛，那中间只有针尖那么点大的一个小黑点毫无礼貌地瞅了鲁卡一眼，那些触手就瞬间把鲁卡牢牢吸住，五花大绑地把他送进了嘴里。

这一切发生得太突然、太离奇，鲁卡都还没来得及叫出声来，就被这只庞大的鹦鹉螺活吞了下去，原来它真的吃人！

等鲁卡明白了自己是被鹦鹉螺活吃了下去时，任凭他怎么尖叫，都无济于事了。他好像掉进了一个漩涡中，天旋地转，他在转，周围的所有东西也都在转，一圈一圈，一圈又一圈，一圈又接着一圈，直到他被抛在了一个地方，眼前的一切才终于停止了转动。

（二）影子们

被鹦鹉螺吞到肚子里的鲁卡两眼直冒金星。他勉强睁开眼睛，打量自己这究竟是掉进了什么地方。他发现自己在一个小小的房间里，墙是弧形的，地面也是弧形的，摸上去很光滑，看上去也很干净，一切都是乳白色的，渗透着微弱的荧光。

鲁卡正在纳闷，忽然墙上飘过一只大猫的影子，它翘着一截又粗又短的尾巴，停在了墙上仿佛是在打量鲁卡。不一会儿，就听到这个影子猫若无其事地说：

"这下该饱了，吃了这么大一个小孩儿。"

话音刚落，墙上又游来一条带鱼弯弯长长的影子，它把自己缠在那只影子猫的脖子上，并有点儿高兴地说：

"这儿很久没东西进来过了，都快闷死人了，新来的，好，好！"

紧接着，墙上又飞来一只影子海鸥，它站在影子猫的脑袋上，用一个特别大声的公鸭嗓喊道：

"笨蛋，有人来救我们啦！这下老家伙该醒醒了！"

接下来，墙上又一拱一拱地来了一只影子海马，它一拱拱到了影子猫的尾巴上，愤愤不平地纠正着影子海鸥刚才说的话：

"你总是胡说，不是老家伙，是我们伟大的鹦鹉螺船长！他终于要从海巫的咒语中解放了！"

再接下来，墙上忽然从各个角落里冒出来好多好多影子，把墙面挤了个水泄不通。有影子海虾，影子海星，影子水母，影子海葵鱼，简直来了一个水族馆。这些影子七言八语地说起了话，闹哄哄地打成一片。

本来十分害怕的鲁卡被这些会说话的影子包围着，反倒不那么害怕了。现在他更加好奇这到底是个什么地方。于是，他有意咳嗽了几声，壮着胆子和这些影子说起了话。

"请……请问，你们是谁？我这是在哪儿？你们能告诉我，我是被什么怪物吃了？"

听到怪物这两个字，墙上的影子都笑得东倒西歪，直不起腰来，只有一个小小的影子挤破了脑袋，削尖了嗓门，拱到一堆笑得走了样的影子头上，大声宣布：

"他不是怪物！他是伟大、英俊、威武和智慧的鹦鹉螺船长！他曾是海洋之王，骁勇的斗士，所向披靡，连虎鲸都怕他三分！你看他坚硬的外壳，有着世界上最最优美和对称的弧线，拥有大海中天造地设，独一无二的结构！这样独具匠心的身材真是令我等小海马仰慕不已！能被鹦鹉螺船长吃掉，成为他追逐的猎物，和他的身体结合在一起，可是我平生莫大的荣幸，我心甘情愿追随他来到天涯海角，哪怕是被海巫下了咒语也在所不惜！"

小海马说到这里，墙上的影子们早已经哄堂大笑，那笑声竟然在这巨大的螺壳里碰撞出许多回声来，加上影子们一个个在墙上笑得前俯后仰，鲁卡真觉得自己是被一群没头没脑的妖怪围攻了。

"你的好船长现在都饿得饥不择食了！这个老家伙自从被海巫下了咒，哪还有什么威武？！还威武呢！更别提智慧了，他好好地在海里头做他的霸王多好，偏要逞英雄，去救那些不可触碰的漂移族，结果为了一个小男孩就断送了自己威风凛凛的日子……可惜、可悲、可怜我们呀！"一只影子海鸥说完，拍了拍它再也不能飞翔的翅膀。

"一个小男孩？还有一个小男孩？他在哪里？"鲁卡迫不及待地问，这个故事真是越来越离奇了。

影子们相互耳语了一阵，似乎在商讨一件重要的事情。然后，影子们突然在墙上哗地一下分开了两边。鲁卡正在想这是怎么了，突然发现墙上就在影子们分开的地方，出现了一扇淡蓝色的门，那颜色真是清澈极了。

鲁卡不禁朝那扇门爬了过去。这真是个奇怪的地方，地面向下凹，自己就像是一个被关在球形笼子里的小仓鼠。当他爬到那扇门前，才发现门竟然是水做的，他碰了碰，手指沾了水珠，是湿的！

"这是什么门？"鲁卡问影子们。

一个长得像枪贼鱼的影子冒出了它尖尖的脑袋，回答说：

"那个小男孩就在这扇门后面的房间里！鹦鹉螺船长就是为了他才被海巫害成这样的。为了保护这个小男孩，鹦鹉螺船长把他放在离自己的心脏最近的地方，让他睡着了。谁也不能进去，我们谁也不敢想办法进去，碰到他准没好运气！"

原来这个怪物身体里居然还有另一个小男孩。

"他到底是谁？为什么……这个鹦鹉……鹦鹉螺船长要救他呢？"鲁卡问。

听到这个问题，有个影子清了清嗓子，慢悠悠地说道：

"这个故事得由我来给你讲讲，它们都太年轻了，因为这件事需要从头讲起。也就是说，在很久很久以前，很久很久很久以前，大海就是鹦鹉螺家族的领地。他们称霸海洋世界，健硕坚强，好战骁勇，所向无敌。后来，不知道从哪里来了个海巫，据说他是从陆地上来的，长得怪模怪样，三头六臂，很是吓人。他虽然在海里，但是他还经常爬到地上去偷东西，他偷的可不是一般的东西，可是活人呢！他把这些活人都关在一个水晶球里，变成他的奴隶。"

"奴隶？"这个词对鲁卡来说很陌生。

"奴隶啊，就是没有自由的人，主人让你干什么你就得干什么。或者这么说吧，你压根就不是个人，只是主人的东西！话说海巫把这些人弄到海里变成奴隶，就是让他们为自己建立一个富丽堂皇的宫殿。为了造这个宫殿，这个海巫在大海里到处搜刮，把海里所有的宝贝都占为己有。美丽的珊瑚、珍珠、宝石、海藻全是海里的宝贝，这个海巫太贪心了，什么都不放过！整个海底世界被他搞得乱七八糟、乌烟瘴气，很多地方都被海巫吸干了营养，长不出好东西来，变得像荒原和沙漠。海巫把他的奴隶关在水晶球里，每天放出来做苦力。如果奴隶不好好干活儿，海巫就会把奴隶踩在脚下，当皮球一样踢来踢去，奴隶们受不了，一个个忍受着痛苦，低头给他做活儿。"

"可是，海巫把这些人从水晶球里放出来干活儿的时候，他们为什么不逃走？"鲁卡着急地问。

那个影子就说："海巫对水晶球施了魔法，它可以牢牢地吸住奴隶，让他们哪儿也去不了，只能去海巫规定劳动的地方。如果有奴隶敢逃，水晶球就会滚过来，压

第九篇

141

YINGWULUO CHUANZHANG

在奴隶身上，直到把那个逃跑的奴隶碾个粉碎，再被海巫拿去喂他的三头鱼吃。那些三头鱼是海巫凶狠野蛮的保镖，海里其他的鱼都打不过它们，因为这些家伙长着三个脑袋，满脸都是牙齿，每一颗牙齿都这么长，这么尖，这么大！"

影子一边说一边比画着，其他的影子们都贴着墙根倒吸一口凉气。

"你刚才不是说大海原来是鹦鹉螺统治的，难道他们也打不过海巫，就让海巫为所欲为吗？"鲁卡问。

"小伙子，别着急，这正是鹦鹉螺船长故事的开始呢。不过，我要先喝一杯酒润润嗓子。"

话音刚落，先前的那只小海马影子又从影子堆里拱了出来，捧着一只影子高脚酒杯恭恭敬敬地献给了讲故事的影子。这个影子咕咚咕咚地连酒杯都一饮而尽了，心满意足地打了一串儿酒嗝儿，这才痛快地接着讲下去。

（三）小百合的故事

"海巫出现的时候，鹦鹉螺船长还没出生呢。那时可是他爸爸的爸爸的爸爸的爸爸的爸爸统治的时候。鹦鹉螺当时的家族也很昌盛，分布在广大的海域。他们都是天生的硬汉，非常好斗，岂能容忍海巫糟践大海的行为！所以，他们经常发起对海巫的进攻，和海巫是势不两立的死对头！可是，海巫拥有法术，他的水晶球就是他的护身符，只要水晶球完好无损，就没有人能够伤害他一根毛发。"

"海巫通过从陆地上偷运奴隶给他做苦力，慢慢占
有了海洋很多珍贵的资源，为他建起了一座顶顶豪华的
宫殿，水晶球越变越大，他的法术也越来越高。他的三
头鱼都被养成了凶残的怪物，心狠手辣，鹦鹉螺不是他
们的对手，经常被打得败下阵来，伤亡惨重。"

"随着海巫占领的地盘越来越扩大，鹦鹉螺家族的
版图就越变越小，数量也大大缩减，眼睁睁看着从原来
支系众多的庞大家族慢慢变成了仅有几个支系延续下来
的族群，那海巫反而是愈加壮大，在海里也是整天横行
霸道，嚣张跋扈。"

"啊，那不是没有人能战胜海巫了吗？"鲁卡忍不住
问。

讲故事的影子哼哼笑了两声，说道：

"别急别急，小伙子，我还没说完呢！虽然海巫很
强大，但鹦鹉螺家族从来没有屈服过，世世代代都在和
海巫对着干，屡战屡败，屡败屡战！鹦鹉螺船长正是
来自鹦鹉螺家族最最彪悍、顽强和好战的一支后裔，他
们都是天不怕地不怕，从来不知道服输的硬骨头，而且
个个都聪明机灵，三头鱼经常拿他们没办法。"

"海巫虽然法力很大，但是他也开始老了。从前，
海巫是从来不合眼的，生怕别人算计他，可老了之后，
他常常犯困，哈欠连天，打一个哈欠那是响得跟火山爆
发一样，整个大海都听得见！水晶球里就有奴隶被放出

来给海巫做苦力的时候，通过他们悄悄用海藻连接起来的秘密传声筒给鹦鹉螺们传话，告诉他们海巫睡着的时候是发起攻击的最佳时机，因为他睡着的时候，水晶球就会暂时失去魔力。如果奴隶可以和鹦鹉螺里应外合打破水晶球，海巫的王国就会土崩瓦解！"

"就这样，有一天海巫终于忍不住睡着了，他鼾声如雷，连地上的人都能听见几分。这次，正是我们的鹦鹉螺船长领导了一支敢死队，和被困在水晶球里的奴隶们齐心协力，终于把水晶球给打碎了！水晶球一碎，海巫就醒了，他气急败坏地想把奴隶抓回来，可是鹦鹉螺船长死死纠缠着他，就是不给他放路。海巫的水晶球一破，他多年的法力就去掉了一大半，可他毕竟还是个有魔法的妖怪。"

"据说，他下了一个诅咒，把他的所有奴隶都变成了不可触碰的人，也就是说，如果有人胆敢在海里救他的奴隶，就会遭遇厄运，甚至掉了性命。所以，海巫的奴隶虽然逃出了水晶球，却变成了海里谁都不敢也不愿意沾染的东西，生怕他们给自己带来厄运。对这些不可触碰的奴隶来说，唯一的出路就是回到陆地上寻找自由。可是茫茫大海，他们靠自己的力量是无法回到陆地的，而他们脱离了水晶球，如果不能及时回到陆地恢复人的生活，他们就永远不能变回人了，只能在大海中做永远流浪的，不可触碰的漂移族。"

"不可触碰的，不可触碰的……漂移族……"鲁卡琢磨着这个闻所未闻的说法，轻轻地自言自语着，似懂非懂。突然，他好像是明白了些什么，惊呼道：

"啊，你是说那个男孩就是……"鲁卡忍不住朝那扇水门看去，墙上所有的影子也都好像睁开了黑暗中的眼睛，齐刷刷地把目光投向了那道门。

"是的，那个小男孩就是被海巫下了咒的不可触碰族。他原来和他的爸爸、妈妈都是海巫从海边的渔村里抢来的，被关在大水晶球里做苦力。水晶球一碎，他的爸爸、妈妈和其他的奴隶一样，想方设法要回到地上。他们求助于鹦鹉螺船长，因为只有英勇无畏的鹦鹉螺船长才不怕海巫的诅咒。那时，年轻气盛的鹦鹉螺船长呀！不可一世、傲骨铮铮的鹦鹉螺船长呀！还有那个时候，我这朵清水芙蓉的小百合呀！"

墙上的影子们听到"小百合"几个字，立刻都笑扁了，像纸片一样趴倒在了墙根。

"笑什么！笑什么！我是寒武纪的海百合，年轻的时候就是小百合呀！"

鲁卡急着要听鹦鹉螺船长的故事，所以就催促着这位小百合先生继续讲下去。小百合先生更是进入状态了，它的影子像大丽花一样蓬勃翻扬了起来，绽开很多又细又长的腕足，在墙上舞动了起来。

"这个回合就是鹦鹉螺船长大战邪恶的海巫！鹦鹉螺船长答应护送小男孩的一家，还有很多其他寻求他保护的奴隶们回到陆地上。但是，要逃脱海巫的领地，谈何容易？海巫虽然元气大伤，但是他在整个大海设置了重重机关，就是为了防止任何奴隶逃离他的魔掌。"

"为了逃生，鹦鹉螺船长铤而走险，他亲自背负着这些不可触碰的漂移族，单枪匹马，穿越潜伏着众多杀人巨蟹的死亡峡谷，悄悄游过会发疯尖叫的妖灵妖山洞，闭着眼睛镇定地绕开了那道只要你一睁开眼睛看上一眼就能把你吸走的无底漩涡，还要小心翼翼对付那些会死死缠住你脖子的美丽又恶毒的致命珊瑚。反正，鹦鹉螺船长就是要过五关、斩六将，才能杀出一条路来护送这些可怜的漂移族！"

小百合影子先生在墙上讲得可谓一个手舞足蹈，声情并茂。鲁卡和墙上的影子们也是听得一个提心吊胆、

热血沸腾。

"后来呢，后来呢？海巫和鹦鹉螺船长打起来了吧？"

"哈哈！"小百合先生大笑一声，它墙上那葵花一样的影子忽上忽下，忽左忽右，忽小忽大，忽明忽暗，叫人看得扑朔迷离。

"谁都害怕海巫三分，就是鹦鹉螺船长天不怕、地不怕、死也不怕！海巫对他这个德行真是恨得咬牙切齿、七窍生烟啊！所以，这一回，海巫也是豁出了老命，要和鹦鹉螺船长拼个你死我活。海巫率领三百头三头鱼组成的战队追得凶狠，鹦鹉螺船长带着受尽欺负的漂移族破釜沉舟、披荆斩棘，嗖嗖嗖地要刺穿这片大海的黑色心脏，归心似箭地向着遥远的地方游去。一个追了十天十夜，一个跑了十天十夜，海巫快没有力气了，鹦鹉螺船长也是筋疲力尽，但就在他们都快吃不消的时候，有一个小岛——出——现——啦！"

小百合先生在这里故意拉长了声调。

大家顿时欢呼了起来。

"嗯哼！"小百合先生咳嗽了一声，"别高兴得太早了！"

大家刚才放出来的那口气又憋了回去。

（四）不可触碰的男孩

小百合先生示意大家安静，接着讲道：

"小岛的出现一下子让奴隶们振作了起来，鹦鹉螺船长也突然抖擞起精神，因为希望突然就出现在了眼前。船长铆足了劲儿，全速前进，那气势简直就是锐不可当，所向披靡！不过，海巫也是拼红了眼，使出了浑身的引力大法，伸出了不计其数的触手，对鹦鹉螺船长和他的奴隶们死缠烂打，费尽心机用他攒了一辈子的妖术把他们弄回来。不过，凭凭他怎样的法术，此时此刻，海巫就是追不上鹦鹉螺船长。船长是用自己的命和海巫拼了，那时的他简直就是一道光，你们在学校里学过光速吧，你能追得上一道光吗？"

影子们齐刷刷地摇了摇黑洞洞的大小脑袋。

小百合很满意如此听话和配合的观众们，他继续道：

"船长带着不可触碰族到达了小岛，奴隶们拼着命爬上了陆地。只要到了陆地，他们就安全了，因为这个时候的海巫要上了陆地，他不仅会魔法全失，而且还可能性命不保。但是，正当最后几个奴隶准备上岸的时候，海巫的章鱼手却死死抓住了一个小男孩的腿。小男孩的爸爸、妈妈在岸上拼命地拉着他们的孩子，孩子却被海巫恶狠狠地缠住，那是海巫最后一搏了，说什么也要抓住这个小的！孩子大哭了起来，他大叫'爸爸，妈妈！'那凄惨的声音像一把锋利的刀片一样戳进海洋里，整个大海都在叫'爸爸，妈妈！妈妈，爸爸！'到现在我好像还听得见那个声音，哎……"

影子们都沉默了。

只有鲁卡抗议道：

“鹦鹉螺船长会救他的！他救了那个小男孩，是吗？”

小百合停顿了一会儿，才接着说：

“海巫已经急红了眼，使出了全部的力气，缠着小男孩的腿死活不放。鹦鹉螺船长一路奔波，在大海里日夜兼程整整游了十天十夜，这时他已体力不支了。但是，他绝对不能让海巫把小男孩抢走。所以，所以……他做了一件出乎大家意料之外的事情。他咬断了海巫缠着小男孩的章鱼手，然后一口把小男孩吞进了肚子。”

“啊？但是，可是，鹦鹉螺船长他为什么要这样做呢？”鲁卡急切地追问起来。

“那是为了保护小男孩啊！鹦鹉螺船长把小男孩放在那里，就是那里，那里是鹦鹉螺船长的心脏，他把小男孩放在了离他的心最近的地方。”

小百合先生一边说，一边朝着那扇淡蓝色的水门噘了噘嘴。原来，那里竟然是鹦鹉螺船长的心室。

“不过，这下子鹦鹉螺船长可倒了霉了。海巫暴跳如雷，他要船长把小男孩吐出来。鹦鹉螺船长哪里肯！海巫拿鹦鹉螺船长没了辙，就用尽了他的所有法力对船长下了个最最狠毒的诅咒……”

小百合先生这时候在墙上摇身一变，演起了海巫，全身发狂地颤抖，用可怕低沉的声音咆哮道：

“你，你这个家伙！你要逞英雄，我就偏不成全你！

你就抱着这个小奴隶睡觉去吧，想在海里混，没门儿！就让你好好地睡一觉，再也别想逞什么英雄了，等着做个老不死的化石吧！你救不了这个小奴隶，这个小奴隶也救不了你！"

然后，海巫全身的触手像着了火一样，滋啦滋啦地甩出一道道闪电把鹦鹉螺船长往死里打！就这样，英雄盖世的鹦鹉螺船长再也动弹不了，他没有死，也不算活着，他真的变成了一枚化石，被潮汐带走了，被沙子埋了起来，被海浪卷到天涯海角，又被渔夫的网捞了起来，放到了这个小破房子里。"

"不对，这是一个博物馆，我们都是文物呢！"

不知哪个小影子插嘴，影子们又开始叽叽喳喳起来。

"博物馆真是闷死了，谁都不知道我们在这里。什么鹦鹉螺船长，谁知道他是谁呀！只能和我们一样烂在他的肚子里！"

"这不是来了一个吗？说不定他能够救我们？"

鲁卡突然觉得所有的影子都在看着他，虽然他们没有脸，也不见有眼睛。

"我，我，我想回家……"鲁卡忍不住说道，虽然鹦鹉螺船长的故事刚才让他听得入了神，但是，他真的希望这一切都没有发生，他真希望自己没有一不小心掉进这个怪里怪气的博物馆！

听到这个答案，影子们显然失望极了。

一个影子说："算了吧！他怎么可能救得了我们？他

自己都不知道怎么脱身呢！"

另一个影子说："说不定，他可以把那个小男孩叫醒？如果不是那个小男孩，鹦鹉螺船长也不会倒霉，鹦鹉螺船长不倒霉，我们也不会跟着倒霉！"

又一个影子附和道："是啊，谁叫海巫把那些奴隶都变成不可触碰的漂移族，谁碰了，谁就有麻烦！"

不可触碰的，真的有那样不可触碰的人吗？碰了，又会怎么样呢？

鲁卡对这个大家都说的不可以碰的小男孩充满了好奇。而这个小男孩，据说就在那扇水门的后面。也许，鲁卡心想，也许他可以去里面看看那个小男孩到底是什么样的。

"我进去看看。"鲁卡壮起胆子说。

"哦？哦………"或许是有点儿意外，影子们都不作声了。

"你小心，我的孩子！"那是小百合先生的声音。

"嗯！"鲁卡决定了。

于是，他鼓足勇气跨过了那道水门。其实，那只是一道水幕，谁都可以走进来，也没有什么可怕的事情发生。

（五）如梦初醒

一跨过这道水帘，鲁卡仿佛带来了一团光，照亮了一个小小的卧室。说是卧室，因为在这小小的空间有一个光滑而整洁的小床，床上蜷缩着一个年幼的男孩，他好像在熟睡一样。

四周什么也没有，墙壁是光滑的，一尘不染。鲁卡跪在床边，因为房间太小，不够他直起腰来。他凑近去看那个小男孩的脸，看到他的睫毛似乎还在颤动，皮肤就像纸一样透薄，好像有呼吸一样微微起伏。

鲁卡犹豫了一下，心想："这就是那个不可以碰的小孩吗？可是，他看上去就和我见过的其他小男孩一样，没什么两样呀！他真的像小百合先生说的那样，在这里睡了那么那么久吗？难道，他不应该像我一样，很想回家吗？！"鲁卡想到这里，提了提胆，用手摇了摇那小男孩的身体：

"嘿，醒醒，醒醒！你能听见吗？"

令鲁卡吃惊的是，小男孩真的听见了他的呼唤声。只见他伸出两只胳膊，打了个哈欠，如梦初醒，睁开了一对海水一样湛蓝的眼睛。那眼睛就像一面沾满了雨点的镜子，水灵灵的。

"你，你好，你，你…醒了？"鲁卡深吸了一口气，故事里的那个小男孩就在他的眼前，这让鲁卡有些不敢相信。

小男孩想从床上坐了起来，但他小小的身体软得像一团水，根本没有筋骨支撑得住。鲁卡去摸小男孩的手，那手也是水做的一样，鲁卡怎么也握不住，这让他惊呆了。

"爸爸、妈妈在哪里？这里是我的家吗？"小男孩开口说话了。

鲁卡刚想实事求是地回答，突然又闭上了嘴。他不知道该怎么向小男孩解释，也不知道小男孩还记不记得发生了什么。

"嗯……还，还没有，不过鹦鹉螺船长……船长他现在……马上就送你回家。"鲁卡结结巴巴地回答道。

听到鹦鹉螺船长几个字，小男孩的嘴角咧开了一道长长的缝，浑身笑得像果冻一样晃起来。他对鲁卡眨了下水汪汪的眼睛，一副兴高采烈的样子。鲁卡心想，这个小男孩一定很喜欢鹦鹉螺船长。于是，他就对小男孩说：

"你，你再睡一会儿吧，鹦鹉螺船长会把你安全送到家的，你的……爸爸、妈妈正在家等你呢！"

小男孩乖乖地点点头，然后他突然用整个身体抱住了鲁卡。鲁卡感到自己仿佛是搂着一条滑溜溜的小鱼。但是，那水一样的身体不是冷冰冰的，而是温暖的，像早晨妈妈用手捂过的牛奶。

小男孩躺在床上，又闭上了眼睛，他的嘴角还洋溢着一个微笑，只是这一次，那个微笑像一星快熄灭了的小火苗，逐渐苍白，因为小男孩的身体正在鲁卡的眼前一点一点消失。

鲁卡着了慌，他赶忙摇着小男孩的身体大喊道：

"我，我说错了，不要睡，不要睡！醒醒！"

可是，小男孩仍然闭上了眼睛，马上就睡着了。鲁卡想把他抱起来，拽他的胳膊，拉他的手，把他的头使劲儿支起来，可却怎么也抓不住这个小男孩。小男孩就是一捧水，活生生地在鲁卡的眼前慢慢蒸发，直到变成一颗颗小水珠，落到了鲁卡的手上。

　　正在鲁卡手足无措的时候，房间里一下暗沉下来，什么都看不见。黑暗中弥漫着一个他从没听过的声音，不知道是人的，还是动物的，还是大海的。那声音很低沉、很慢、很宽广，仿佛在所有的方向流动着、挣扎着，好像有一颗心脏在冥冥中跳动，发出了某种信号。那声音听上去无比哀伤，仿佛有什么东西在痛苦中呻吟。

　　随着这低缓的哀嚎，鲁卡突然感到世界好像地动山摇一般，自己一下子摔倒在地，满地乱滚。他害怕极了，抱住了脑袋，闭紧了眼睛，眼前看到的全是小男孩入睡时的那个微笑。他多么希望，自己能马上回家，有爸爸、妈妈等待他的家！他下次一定不乱跑了，不进稀奇古怪的博物馆了，不和莫名其妙的影子们说话了。什么鹦鹉螺船长，这真是个鬼地方！

　　"爸爸！妈妈！我要回家！我要回家！"鲁卡一边哭着一边大喊起来。此时此刻，全世界都翻了个底朝天，什么都没有了。鲁卡从来没有哭得这么厉害过，因为他从来没有这么害怕过。刹那间，他仿佛被咸咸的海水淹没，他拼命向上游去，隔着晃动的水面，他仿佛能看见自己的爸爸和妈妈就在岸边，向他伸出了手。但是，正当他的手快碰到爸爸、妈妈的手时，一个巨浪打过来，把他打昏了。

（六）海边的背影

等鲁卡醒来，他的身子底下是湿漉漉的沙子，温柔的浪花正在舔着他的脚丫，不再刺眼的太阳像一个熟过头的红苹果，从天空垂向海面。

鲁卡惊讶极了，自己是怎么从鹦鹉螺船长的肚子里面跑出来的？他仍然觉得天旋地转，只是依稀记得自己的身体曾剧烈地摇晃，后来就好像是从一个火山里被喷了出来一样。奇怪的是，现在，自己竟然安然无恙。

不一会儿，两个影子走了过来，像晚霞一样笼罩着他，他们的嘴角发着光，说着他听不见的话。鲁卡定神看了看，才发觉那是他的爸爸和妈妈呀！他一下子坐了起来，扑进了他们的怀抱。

"鲁卡，你上哪儿去了？我们到处找你，你原来在这里，睡着了？"妈妈一把搂住了小鲁卡，不停地揉着他的小鬈发。

爸爸捏了捏鲁卡的脸蛋，拉他站了起来。

"回家吧，我们要准备回家了。"

鲁卡拼命地点头，他牢牢地拉着爸爸、妈妈的手。虽然他的脑海中还回响着鹦鹉螺船长的故事，但是他多么高兴自己又回到了爸爸、妈妈的身边。

鲁卡一家在宝贝小镇的假日行将结束，妈妈忙着收拾，爸爸忙着打行李，只有鲁卡一个人，若有所思。他始终忘不了那天在博物馆发生的事情，因为那是真的，一次真正的奇遇。

下午，鲁卡一家又来到沙滩边，度过最后一个下午。鲁卡决定要再回去那座博物馆看看，于是他对爸爸、妈妈说自己要去买冰淇淋。妈妈用手掌摸了摸鲁卡沾着沙子的小脸，仿佛用眼神在试探他的小秘密。但是，最后她还是放心地说：

"去吧，别走太远了。"

鲁卡又紧张又兴奋地朝他记忆中的那个小破房子走去。在众多大大小小罗列着漂亮贝壳的博物馆中，他一下子就找到了那间黯然的小屋子，没有买票的窗口，也没有守门人，连原来的那个小木牌子都不见了，只有一只长着虎斑花纹的大猫一动不动地蹲在门口，目不转睛地看着鲁卡向它靠近的身影。

鲁卡忐忑不安地推开了门，但是屋子里空荡荡的，什么都没了。

他在空荡荡的屋子里转了好几圈，也没有发现一星半点的东西。

鹦鹉螺船长、小百合先生、小海马、海葵鱼，那些和他说话的影子，就像他曾经用手摸到过的那个小男孩一样，早已荡然无存。

鲁卡失望地从屋子里走了出来，门口那只猫却站了起来，弓起背，并用尾巴轻轻地蹭着鲁卡的小腿，给他使了个又圆又大的眼色。鲁卡虽然从来没和猫打过什么交道，但此时，他却一下子听懂了这只猫通过眼神向他传达的意思。

猫眨一下眼睛，鲁卡的脑海中就有一个声音告诉他："跟我来。"

于是，鲁卡就跟着这只虎斑猫走了起来。

虎斑猫像一个领航员，在小镇的人潮中迈着镇定的步伐头也不回地朝大海的方向走去。它的爪子在沙滩上留下一串可爱的梅花脚印，鲁卡的心也像那些小梅花一样，上上下下，在脚步中起伏不定。

终于，虎斑猫停了下来，安静地蹲了下来，坐在一个奇怪的背影旁边。只见它用尾巴轻轻敲打着那个背影。从背后看，鲁卡分不清那是一个东西，还是一个人。圆圆的，像一个大海螺。但是，面朝大海的方向，明显有一个人的头，一个背着大海螺的头。

鲁卡走上前去，才发现那是一位老人，背弯得像一个大螺，正像是鲁卡记忆中的那枚巨型的鹦鹉螺。鲁卡连忙摇了摇老人，激动地问道：

"您，您就是鹦鹉螺船长吗？"

老人好像没有听见，纹丝不动，目光深深地沉浸在海水里，仿佛有一把大而沉重的钩子，从大海深处的某个地方把老人的目光牢牢地锚住了。

"鹦鹉螺船长？"鲁卡又朝老人的耳朵里轻轻呼唤，那是一只像贝壳一样的耳朵，有着海浪一样起伏的轮廓，并像鹅卵石一样光洁。

　　鲁卡小声地叫了几遍，老人终于缓缓地转过身来。

　　这是一张鲁卡从没见过的脸，一张刻满奇特线条的脸，一条又一条简洁而深邃的螺纹，密密麻麻地刻在这张脸的每一个方寸。还有那双眼睛，一双神秘的眼睛，你能看见海水在里面流动，翻腾，雀跃，沉积，你能看见海水在每一天每一个时刻变幻莫测的颜色，从黎明的青灰，到正午的金黄，到午后的草绿和傍晚的肉桂，再到午夜的漆黑乌凉。那双眼睛，就仿佛酝酿着一片大海，一片古老而传奇的大海。

　　"鹦鹉螺船长，您一定是鹦鹉螺船长！您，您怎么跑到这里来了？那天，那天是您把我吃进去又吐出来的吗？"

这位老人好像听不见鲁卡在说什么，他只是聚精会神地注视着鲁卡，然后小心翼翼地拿起了鲁卡的手，轻轻地抚摸着。鲁卡惊奇地发现，老人的手柔软极了，那纤长的手指像梦游一样在他的手心划来划去。

然后，一滴硕大的水珠落在了鲁卡的手心，接着又是一滴，一滴，一滴接一滴。鲁卡抬起头来，才发现那是老人的眼泪，从老人的眼睛里源源不断地流到鲁卡的手心里。鲁卡只感到自己的手心越来越沉，越来越重。可奇怪的是，一滴水也没有从鲁卡的手指缝里漏出来，他的手里捧着一片小小的海洋，散发着海盐和海风的味道。

"鹦鹉螺船长，您哭了，您为什么哭？"

老人没有回答，说实话，他的样子不像是在哭。他眼里的海面波光粼粼，此起彼伏的小浪花在微笑中荡漾。老人用双手温柔地拍了拍鲁卡的头，然后就像一只巨大的海龟一样，向大海缓慢而坚定地走去。那只虎斑猫，回头望了一眼鲁卡，也骄傲地和老人一起朝大海里走去。

鲁卡想去拦住他们，但是他手里的水太重了，令他无法站起来，他只能大叫：

"鹦鹉螺船长，鹦鹉螺船长，你们要去哪里？为什么不说话，为什么不理我？"

但是，没有人回应鲁卡的问题，只有海浪拍打着海浪的声音。老人和虎斑猫迅即淹没在了大海里。

此刻，鲁卡手中的水突然再也捧不住了，哗地一下倾泻了出来。任凭鲁卡怎么紧紧地并住指缝也不管用，他的手掌就好像一个个溃决了的大坝，里面的水止不住地往外流，像蓄了一个大瀑布。

等到水都流完了，鲁卡才发现手心里留下了一枚美丽的海螺壳。它不大不小，有着海浪一样优美的曲线，掂在手里沉甸甸的，在阳光下闪烁着无比奇妙的色泽和光辉。

此时，爸爸、妈妈的声音又在不远处响起，他们喊着："鲁卡！鲁卡！"

"我在这里！"鲁卡一边喊，一边向爸爸、妈妈飞奔去。

"你们看，你们看！这是鹦鹉螺船长送给我的！我见到他了，我见到鹦鹉螺船长了！"

爸爸、妈妈很高兴鲁卡终回来了，但是他们不明白鲁卡在说什么。

"什么鹦鹉螺船长？你在说什么呢？"爸爸和妈妈用手抚摸着鲁卡潮湿的小脑袋。

"鹦鹉螺船长是……他是最英勇的船长！瞧，这是他留给我的！"鲁卡自豪地举起手中的螺壳。

爸爸拿起来仔细地打量。

"嗯，的确是鹦鹉螺的贝壳，是个宝贝！"

爸爸的结论令鲁卡非常开心。

妈妈又拿起来，左瞧右瞧，很喜爱的样子。

"是那个什么鹦鹉螺船长送给你的？他人呢？"

鲁卡点了点头，然后用手指着大海。

爸爸、妈妈和鲁卡三人都眺望着大海，每个人都在想象着自己心中的鹦鹉螺船长。

在回家的路上，鲁卡一直把鹦鹉螺捧在手心里，寸步不离地守护着他的宝贝。妈妈见状，就打趣鲁卡说：

"你这么喜欢这只鹦鹉螺，怎么不和它说说话？"

鲁卡一听，顿时兴奋起来，连忙问妈妈：

"说话？海螺会说话吗？我怎么和它说话呢？"

妈妈就告诉他：

"妈妈小时候也有过一个特别漂亮的大海螺，外婆告诉我，只要你把它放到耳边，就能听见海螺说话，有时，它还会唱歌呢。"

"真的？妈妈，你的海螺对你说什么话了？"鲁卡很认真地问道。

妈妈调皮地眨了眨眼睛，对鲁卡说："那，是一个秘密。"

鲁卡笑了。他立刻把鹦鹉螺放到了自己的耳边，听了很久很久。

在那里，他听到了鹦鹉螺船长的故事，在小影子们叽叽喳喳的喧闹中，在一个小男孩微弱的哭泣声中，在海巫险恶贪婪的咆哮声中，他听到了所有的故事。

回到家，妈妈问鲁卡：

"你的海螺对你说什么了？看你听了一路，能告诉妈妈吗？"

鲁卡想了想，然后调皮地耸耸肩说：

"哦，妈妈，那可是我的秘密呀。"

一株绿萝

——鲁卡系列故事

沿着光的丝路
前往波浪萌芽的远方
用桃子留在春天的脚印
踩在碧莹莹的小溪间

缠满绿丝带的阶梯上
无数只翠鸟衔来的小手帕
向天空
招手，
献出她们夜以继日
绣出的那片片、泉水叮咚的花边。

鲁卡和花园小火车

（一）花园里的小瓦特

"呜呜呜……呜呜呜……咔嚓咔嚓……咔嚓咔嚓咔嚓。"

鲁卡走过一栋房子前，听到了火车的鸣笛声。他不禁停下来四处张望，但是眼前只有这栋房子。那房子就在他家对面，几天前才搬来一个新邻居。

但就几天的时间，这房子就像变了个法术。原来光秃秃、掉了色的灰墙，突然焕然一新。除了几个四四方方的窗框子，整个房子都被茂盛的爬山虎裹得严严实实，活像是穿了一件厚厚的绿袍子。这绿袍子一直从墙上拖到地上，仿佛一片无忧无虑在阳光里呼吸的小小绿洲。

鲁卡停下来的时候，这片绿云一样的叶子里哗啦啦翻了几个波浪，从里面冒出来一个白头发的爷爷。

他穿着全身都是口袋的衣服，上面沾满了黑黑的土、彩色的油漆和青青的草叶；口袋里插着图纸、钢笔、眼镜、螺丝刀、小耙子、小剪刀、小扳手、小铁铲、小水壶，还有几只脏兮兮的手套。

老爷爷看到一个人影站在他面前，连忙戴起了眼镜。等他看清了鲁卡，就笑着对鲁卡招招手，说：

"小朋友，你就住在对面吧？你是来看小瓦特的？"

鲁卡好奇地打量着这位老爷爷，回答道：

"您好，爷爷！对，我叫鲁卡，我就住在对面那座房子里。小瓦特，小瓦特是什么？我刚才走过，听到有火车的声音，不知道是哪里来的。"

老爷爷听鲁卡这么一说，就把鲁卡拉了过来，让他和自己一起蹲在门前一棵橡树底下。鲁卡这才发现，原来有一截圆形的袖珍火车轨道环绕在橡树的根部，隐藏在像地毯一样覆盖着地面的金钱草中，从高高低低的草丛中辟出一条蜿蜒的小道，通向老爷爷的房子。草地上还有起伏的石头小山，洒着水的小喷泉和一些穿着红裤子的小假人，真是别有一个天地！

"你等等，小瓦特马上就来了！"

老爷爷兴高采烈地看着鲁卡，眼睛像小孩子们玩的弹珠一样，在有光的地方，透亮透亮的。

果不其然，鲁卡再一次听见了火车的鸣叫和车轮的转动声。他和老爷爷一起目不转睛地迎接着一辆小火车风风火火地拨开草丛，披着一身红太阳一样的新油漆，轰隆隆地踩响了嵌在金钱草中的小轨道，在一片小小的花园中翻山越岭、跋山涉水。

"这就是我的小瓦特！花了我好几天才让它跑了起来！"老爷爷兴奋地对鲁卡宣布道。

"真神气啊！小瓦特原来是您的小火车！太好玩了！"鲁卡的眼睛一直追随着小火车的身影，十分向往。

"爷爷，这是您做的小火车？您是做火车的？"鲁卡问。

"嗯，可以这么说吧。我是个园丁，也是个工程师。你呢孩子，你是不是很喜欢小火车？"

老爷爷试图从地上爬起来，但是因为在地上蹲久了，腿脚有点儿软。

鲁卡用胳膊搀扶起了老爷爷，并回答说：

"我从小就喜欢小火车！不过，我家没有这样的玩具火车。我去过火车博物馆，我做过火车模型，我还喜欢坐真的火车，能爬山的最好，越高越好！"

老爷爷在鲁卡的帮助下站起身后，嘴角露出一个小顽童似的笑容。

"如果你喜欢坐火车，我这里有一样东西你肯定喜欢。"

"什么东西？"鲁卡问。

爷爷去掏口袋，从一个大口袋的一个小口袋里摸出了一张旧巴巴的小纸片，放到了鲁卡的手里。

鲁卡低头一看，这才一丁点儿大的小纸片方方长长，泛着旧火车车皮的那种军绿色。可是，纸片的正反面什么东西也没有，只有一片用蓝色墨水画上去的叶子，从一撇胡子一样的卷须中生出来。

鲁卡不解地抬头问爷爷：

"这是什么呀，爷爷？您为什么说我会喜欢呢？"

老爷爷神秘地眨了眨眼睛，窝起手背朝鲁卡的耳朵里小声说道：

"这是一张火车票。"

鲁卡立刻瞪大了眼睛，把小纸片翻来覆去又看了一遍，但还是没看明白。

"可是，可是……这是去哪儿的火车票？上面没有写啊？"

看着鲁卡满脸的疑惑，老爷爷笑了。他把车票塞进了鲁卡手里，并对他说：

"好好放着，可别扔了。要坐这趟火车，没这张票可不行。"

说完，老爷爷又蹲了下来。此时，小瓦特已经停了下来。老爷爷专心地擦拭和检查着小火车，仿佛已经忘了鲁卡还站在他身边。

鲁卡把这张奇怪的绿车票揣进了裤兜里，他对着老爷爷摆摆手，若有所思地走回了家。

（二）秘密任务

过了几天，老爷爷出现在鲁卡家的门口。

他拎着一个皮箱，还提着一个插满桔梗花的花篮，并把花篮送给了鲁卡的妈妈。

妈妈一见到那些有着淡淡紫色花边，仿佛白色皱纸一样层层叠叠的可爱花朵，便笑得合不拢嘴，连忙请这位新邻居进屋坐坐。

"不，不用了，谢谢您！我这就要赶一趟火车去，可能要出去几天。我专门来，是想请鲁卡帮个忙。"

可还没等老爷爷说完，鲁卡的妈妈就抱着桔梗花一阵风地冲进了厨房，不知找什么去了。

于是，老爷爷就从口袋里掏出一个信封，递到鲁卡的手里，并对他说：

"我出门的时候，需要一个人帮我照看一下家里的花草。我想，这就交给你来做吧！你看完信，就明白了。还有，那趟小火车会等着你。"

鲁卡一听，浑身都兴奋起来。

"小火车在哪里等着我？"他问爷爷。

爷爷却把手指竖在嘴唇边，神秘兮兮地说：

"这可是一个秘密，我们的秘密。你能保守秘密吗？"

鲁卡忙不迭地点头。

老爷爷只是回答说：

"你会找到小火车的。我给你的那张车票还在吗？"

自从老爷爷给了他那张奇特的车票后，鲁卡就一直带在身边。他从裤兜里掏出那张被他摸得发热的车票给爷爷看。

　　老爷爷满意地点点头，对他说：

　　"那张车票会带你找到小火车的。好吧，家里的花园就拜托你了！再见，鲁卡！"

　　老爷爷说完，就提着皮箱告辞了。

　　此时，鲁卡的妈妈才拿着一个用纱布盖好的大碗从厨房跑了出来。原来是早上刚刚蒸好的红枣糕，还腾着香喷喷的热气，把妈妈的脸熏得红扑扑的。

　　"爷爷呢？"妈妈朝门外望去。

　　这时，老爷爷已经走远了，他那件又大又皱的风衣已经变成了远处一个跳动的小圆点。

　　不知为什么，鲁卡仿佛又听到了火车轱辘的声音，像一阵雷声打击出鼓点，又像一阵稍纵即逝的电流，瞬间就没有了。

　　鲁卡回到自己的房间，打开信读了起来。

鲁卡：

　　你好！很高兴你接受了一件对我来说很重要的事情，答应照顾我家中的植物。我是一个没有孩了的人，所以我养的花草就是我的孩子们。他们有大有小，有爱捣蛋的也有特别害羞的，我想，你会慢慢认识他们，并和他们成为好朋友。

　　好了，现在言归正传。

我的孩子很多，大多都能自己照料好自己。不过，有一个孩子需要你特别照看一下。她叫小萝，住在天南星路的黄金葛小花园1号。小花园旁边就是竹叶禾车站，站台上有一辆小火车，你要坐的就是这趟小火车。明天凌晨6：06分准时发车，千万不要迟到哦！

　　不过，在坐火车之前，还有几件事要做。

　　我家的花园里有三瓶药水，一瓶金色的，一瓶绿色的，还有一瓶蓝色的。拿到这三瓶药水之后，你就要找到上面我说的竹叶禾火车站。在火车站，请把金色的药水瓶送给站台上的小丁们。哦，你可能不知道小丁是谁，他们是我家里的小园丁，长得都只有一丁点儿大，所以管他们叫小丁。我相信小丁一定会帮助你的，他们都是些热心善良的小家伙！

　　找到竹叶禾车站后，就请去看一趟小萝。她是个特别爱睡觉的孩子，所以我给你第二瓶绿色的药水。请把这瓶药水洒在她睡觉的地方，她就一定会醒过来。那天，小萝要去一个地方，她得和那辆小火车一同出发。你也要和他们一路去。

　　当然，还有最后一瓶药水，我可没有忘记。这瓶药水是给你的，鲁卡。在唤醒小萝之后，把我给你的那张绿车票给火车站的小丁们，然后喝下这瓶蓝色的药水。这样，一切就大功告成了。我相信大家都会欢欢喜喜的！

　　好了，我就写到这里。你是个聪明又好心的孩子，一定会办得到。

最后，我祝你旅途愉快！

衷心感谢的火车爷爷

鲁卡看完，激动极了。他觉得，一次冒险行动正等待着他。他真的很好奇，自己将坐上什么样的小火车，小火车又会把他带到哪里去。他趴在窗前，看着对面老爷爷那幢被爬山虎遮得严严实实的房子。真不晓得，这房子里究竟是个什么样呢！

（三）凌晨的行动

一个晚上，鲁卡觉得怎么都不会睡着了，在床上翻来覆去等天亮。

可天，偏偏怎么都不亮。鲁卡两只眼睛瞪得大大的，但后来瞪着瞪着就变小了，眼皮终于耷拉下来，开始呼呼大睡。

鲁卡梦见自己坐上了一辆用竹子做的小火车，轮子是一个个圆滚滚的小竹筒，车厢是一截又一截细细长长的大竹筒。从车窗看进去，车厢里有很多竹叶编的小人儿，走来走去，不知在忙些什么。

鲁卡正想敲敲窗户问问小竹人他们这是去哪里，突然火车就开动了起来，那声音就好像一千个竹筒在风里你撞我、我撞你滚滚而来，响得鲁卡捂起了耳朵，连忙摇头。

没想到，他一摇头，脑袋就像拨浪鼓一样"咕咚咕咚"不停作响。那响声钻进了他的耳朵，好像有人在他脑袋里敲锣打鼓，吵得鲁卡忙不迭地叫起来：

"别响了！别响了！吵死人啦！"

这一叫，鲁卡把自己给叫醒了。

他一抹眼睛，发现老爷爷给自己的那张车票不知怎么竟贴在了他的耳朵上。他把小纸片揭了下来，一眨眼，那张小车票居然又从他手里挣脱了出来，自己跳到床上，像只大草蜢一样在鲁卡的被子上蹦来蹦去。

鲁卡从床头扑到床尾，好不容易才把小车票按倒。他这才发现那车票上有一个时间在闪烁：

5：06。

一看到时间，鲁卡马上从床上一骨碌就翻了下来。原来小车票是在提醒自己该起床了！要不然，该赶不上火车了！

他急急忙忙，披着睡衣，光着脚丫子，火速冲出家门，直奔路对面的老爷爷家。到了门口，才发现爷爷并没有把房门钥匙给他，这可怎么办呢？

他手里只有那张小小的车票，他只好把车票拿起来再看个究竟。忽然，一阵风吹来，吹走了他手里的车票，那纸片飘进了老爷爷家门前树下的草丛里。

鲁卡急坏了，一头扎进草丛堆里到处找。

清晨的小草披满了一身凉凉的露水，落在鲁卡的头发上、脸上和睫毛上，让他的视线蒙了一层雾气。

鲁卡直起身来揉眼睛，忽然听到草丛里沙沙作响，睁开眼睛时，原来是红色的小瓦特鸣着温柔的汽笛出现了，令鲁卡眼前一亮。

小瓦特的火车头飘扬着一个小纸片，那正是鲁卡在找的车票。不仅如此，小纸片上还系着一把小火车形状的钥匙，有着雨后土壤一样古铜色的纹理。鲁卡高兴地直叫：

"谢谢你，小瓦特！谢谢你帮我！"

此时，小瓦特转了一圈，又消失在青草地里。

鲁卡连忙把钥匙插进门上的锁孔，门立刻吱呀一声在他面前动开了。鲁卡终于走进了老爷爷神秘的房子里。

屋子里有些幽暗，但就着窗外一点儿光，鲁卡慢慢就能看见了。

整个屋子就像一个藏在房间里的秘密花园，走道的两边都是奇花异草，密密匝匝，层层叠叠，种在齐腰的花坛里。有曼妙的竹茎椰子，有叶子上漆了好多白色小圆点的秋海棠，有一把把绿蒲扇一样的玉簪，还有一团团点燃了火焰红的球状小蔷薇，好多好多的植物把屋子挤得满满的，活像是种在房子里的植物园！

鲁卡看得眼花缭乱，但心里十分犯愁。老爷爷放药水的柜子在哪里呢？那个什么火车站，还有那个什么小萝要从哪里找起呢？他想到自己一件事都还没完成，就烦恼了起来。

这时，鲁卡眼前突然出现了一道光。

原来又是那张小小的车票，现在成了照明的小手电。

鲁卡觉得这下亮堂多了，他拿着小车票东照照、西照照，发现花丛中竟然还坐落着好多做工精美的小房子！这些房子虽然都只有玩具娃娃屋那么大，但看上去却很逼真，和真房子一样五脏俱全。有贝壳做的屋顶，树枝拼起来的木墙，树叶糊成的窗户，还有花瓣压成的窗帘！

鲁卡禁不住凑近看个仔细，眼前有一座房子特别漂亮，门前有一个小小的喷泉，就像真的喷泉一样连续不断地洒出水柱来。最奇特的是，那水会变颜色，一会儿是金色的，一会儿是绿色的，一会儿是蓝色的，还不断变幻图案。

金色的水花口含一轮太阳，绿色的水花擎出一个莲蓬，蓝色的水花撩起一丈布满星光的纱帐。鲁卡不知不觉看得出了神，好像着了谜。

他盯着那个小喷泉看了又看，突然恍然大悟地喊起来：

"金色的水，绿色的水，蓝色的水，这一定是老爷爷说的那些药水了！"

（四）喷泉小丁

他这一叫，仿佛唤醒了正在沉睡的小房子。

房子上一扇半月形的小门吱呀一声就开了，楼上三扇风琴一样的小窗也整齐地打了开来。

鲁卡看见屋子里亮起一顶金盏花吊灯，灯光里有很多巴掌大的小人从巴掌大的小木床上爬了起来，叠好彩叶草被子，穿上小白菊工装，排好队有条不紊地从楼上的卧室沿着一个常春藤楼梯鱼贯而下，从楼下的屋子里取出自己的工具，走进了那个带喷泉的袖珍花园，走进了鲁卡的眼帘。

有趣的是，每个小人儿都提着一个木箱子，每个箱子里都装着十二个小玻璃瓶。他们一个个提着箱子来到喷泉边，灌满了所有的瓶子后，又排队回到屋子后面。

等他们再次出现的时候，每个小人儿都跨在一辆自行车上，车后载着他们放满瓶子的小木箱，首尾相连，连成了一个小小自行车队，多么像来鲁卡家送货的快递小哥哥们！

眼见这一个个小人儿骑着自行车，消失在小屋旁通往花坛深处的小径上，鲁卡心想，这些小人儿一定是爷爷说的小丁吧，他们一定是给花园里的其他小丁们送泉水去了。

鲁卡正琢磨着该怎么请求这些小丁给自己分些药水时，一个小丁骑自行车摔倒了，五颜六色的水罐子掉了一地。摔倒的小丁在地上号啕大哭，眼泪活像一个爆发的小喷泉，飞溅得到处都是。看上去，这个小丁比别的小丁还小了一点点，应该说是个小小丁才对。

鲁卡见状，连忙伸出一只手把哭泣的小小丁捧了起来，同时伸出另一只手把小小丁的小自行车扶了起来，并用指尖掸走了地上芝麻粒一样的玻璃碎屑。

那个哭成了泪人的小小丁一下子就不哭了，反而瞪大了两只西瓜籽儿一样乌黑发亮的眼睛，用崇敬的眼神望着面前这个不费吹灰之力就救了他的巨人。

此时，花园里的其他小丁也纷纷把自行车推倒在地，争先恐后地爬到鲁卡的手上来瞧个究竟。

"你们好，我是鲁卡！你们是火车爷爷的小丁吧！"鲁卡友好地和这些小人儿们打起了招呼。

小丁们也说起了话，但是鲁卡一句也听不懂。他们说起话来就像蜜蜂，在鲁卡的耳朵里全是嗡嗡声。

"唔……你们听得懂我的话吗？是火车爷爷，呃，应该说是你们的主人让我来找你们的才对。"

又是一片嗡嗡声。

"火车爷爷让我来拿三瓶药水，就是你们那个喷泉里的水，一瓶金色的，一瓶绿色的，一瓶蓝色的，可以吗？"鲁卡边问，边指了指小房子前面的小喷泉。

还是一片嗡嗡声，这次更响了。

这可怎么办？鲁卡正发愁，他手里攥着的那张车票突然站立了起来，像列车长一样颇有架势地从小丁们面前左一脚、右一脚大摇大摆地走过去。走起路来的车票也发出了某种声音，不过在鲁卡听来，简直像是蚊子在叫，唧唧歪歪的。

但小丁们全都竖起了耳朵，肃然起敬地听了起来。

更奇怪的是，鲁卡这才发现，小丁的耳朵和天线一样，从他们的脑袋上一根根翘了起来，齐刷刷地跟着车票转。车票开始变起了颜色，一会儿金色，一会儿绿色，一会儿蓝色。小丁们看得目不转睛，像一群最最守纪律的小学生。

在片刻的绝对安静之后，小丁们突然嗡嗡大叫，然后在鲁卡的手心里抱成一团，众多小脚那么齐刷刷地一跺，就像蒲公英的毛球球一样把自己给弹了出去，不偏不倚正好降落在他们自己的小花园里。

一落地，他们就跑回了那座漂亮的小房子里，只听到叮叮当当各种瓶子碰撞出一堆响声后，小丁们立刻分成了三个小分队，每个队伍都扛着三个大一号的瓶子走了出来。

他们把瓶子搬到了喷泉池边，那个骑自行车摔倒的小小丁忽然跳了出来，站在池边拉开了嗓门唱起歌来。虽然鲁卡耳中还是一片嗡嗡的回响，但那个喷泉似乎听懂了。

只见池子开始滚动起金色的泉水，那颜色真像一轮化作了水的太阳，拉开了一卷色泽纯美的丝绸。小丁们也嗡嗡着欢快地装满了一瓶金色的水。

金色的水装完，小小丁哼起了一个新曲调，那池子就开始往外泼出绿色的泉水，这回那颜色仿佛是初夏的荷叶熬成的一碗碧绿羹，拉出一丝丝新鲜的绿油。

　　最后，池子又在小小丁的歌声中涌现出蓝色的泉水，好似一条用蓝宝石锻造的腰带，表面打磨得和镜子一样光滑。

　　三个大瓶子装满后，小丁们用自己小小的肩膀扛了起来。他们踏步走到鲁卡的面前，把瓶子滚到自己的背上，像三张恭恭敬敬的小桌子，弯下腰向鲁卡鞠躬。

　　三个瓶子，一瓶金，一瓶绿，一瓶蓝，不大不小，正好能被鲁卡一手握住，放进他的睡衣口袋里。

　　鲁卡高兴地叫道："谢谢你们！太谢谢你们了！有了这三瓶药水，我就可以去竹叶禾火车站了！我还得找到小萝！"

　　小丁们天线一样的耳朵一听到竹叶禾火车站三个字，又嗡嗡地飞舞起来。

其中那个小小丁忽然趴到了同伴的背上，打了一个响亮的口哨。其他小丁的脑袋都一齐点了起来，像一条有规律的波浪线，从上到下，从下到上。

接着，他们跨上了自行车，向鲁卡挥动起长长的天线耳朵，开始骑行。

鲁卡看着小丁们开始移动的自行车队，便问："你们知道竹叶禾火车站在哪里？那就太好了，那快带我去！我可要快点儿了，否则赶不上火车了！"

小丁们非常善解人意，他们卖力地踏起了自行车，在花坛中骑出一条路来。

（四）竹叶禾火车站和爆竹小火车

在喷泉小丁们的带领下，鲁卡开始发现这座屋子里更多令人意想不到的地方。

拨开层层叠叠的花草，花坛里原来坐落着许许多多小巧别致的房子，每一栋房子里都住着一群小人儿，穿着各有特色，工作各司其职。

住在水仙花丛中的小丁都穿着黄油色的围裙，他们围在一朵水仙花形状的烤炉边揉面团、做面包；住在郁金香森林中的小丁都穿着酒杯一样的灯笼裤，他们在一口特别大的郁金香花杯中搅拌又搅拌，杯子里冒出咕嘟咕嘟的酒红色气泡，闻上去特别醉人；还有住在紫丁香小院中的小丁，每一个都戴着紫葡萄色的小手套，用巧克力色的泥巴搓成一颗颗缀满丁香花的圆球，一粒粒整整齐齐地码成一长溜。

清晨已然降临，所有房子都打开了小门和小窗，小丁们忙得不亦乐乎；所有的烟囱都扬起一缕白烟，混合着牛奶和百合的香味，缭绕在还裹着露水的花瓣草叶上。

喷泉小丁们娴熟地把手臂往空中一摆，就像扔报纸一样，把一瓶瓶喷泉水扔在各家各户门前的草地上。收到的小丁人家都非常高兴地向喷泉小丁招手，也熟练地往空中振臂一挥，扔来五花八门的点心以作回报。有的扔花蜜酥饼；有的扔花杯蛋糕；有的扔青草团子；还有的扔来蜂蜜小油条。这些一大早的美味馈赠都被喷泉小丁们稳稳接住，爱惜地放进了小木箱里。

房子里不仅住着形形色色的小丁，鲁卡更是发现，原来老爷爷的屋子里还有好多小火车，汽笛声可谓从四面八方传来，好像很多只大嗓门爱说话的鸟儿在争鸣，一清早，已经好不热闹！

有的火车在铺满奇葩异卉的花坛轨道上慢慢爬行，时不时停下来让等待的小丁上车；有的火车在花坛上方的空中轨道上欢快地穿梭，也不为任何人停留。每一辆都像红色的小瓦特一样，既漂亮又神气，让鲁卡看得目不暇接。

鲁卡正思量，不知那个爷爷让他找的竹叶禾火车站在哪里时，喷泉小丁们突然变得吵吵嚷嚷。

他们朝着一个地方指指点点，鲁卡顺着看去，只见在一大蓬开花的木樨草下，掩映着一个袖珍的小竹楼。楼上有一群和新竹一样眉目清秀、身材俏长的小丁在打扫一间四面环窗的大屋子，楼下是空空的一片地，支着几根竹楼脚，其中一脚上方挂着一个小巧的竹牌风铃，在花草的气息中轻轻飘动，上面还镌刻着几个字。

鲁卡自言自语念了出来："竹叶禾车站……"

他禁不住大叫了起来："竹叶禾！竹叶禾！我找到竹叶禾车站了！"

喷泉小丁满意地点点头，他们纷纷向鲁卡挥挥手，并开始掉头往回走。

"谢谢，谢谢你们！"鲁卡满怀感激地喊道。

当喷泉小丁的自行车队从花坛小径上消失后，鲁卡把脑袋凑到了竹叶禾车站的小竹楼，并用手碰了碰竹楼下面的小竹牌，发出一串清脆的咚咚声。正在打扫屋子的小丁们停下了手中的活儿，好奇地看着眼前这个陌生的大个子。

虽然知道小丁们可能听不懂他的话，鲁卡还是努力地向大家解释自己的来意：

"你们是竹叶禾车站的小丁吧？我是鲁卡，就住在你们家对面，是你们的邻居！"

鲁卡一边说，一边指向窗外，小丁们却一脸茫然。

"是火车爷爷让我来找你们的，不对，应该说是你们的主人，住在这个房子里的那位老爷爷！"

小丁们互相嘁嘁了几句，还是不解地望着鲁卡。鲁卡想起了爷爷要他交给竹叶禾小丁的药水，就拿起那个金色的瓶子放到了竹叶小丁的面前。

"就是这个！火车爷爷交代我找到竹叶禾车站，把这瓶金色的药水给你们！还有绿色的药水和蓝色的药水……"

鲁卡还没说完，竹叶小丁们就欢天喜地从小竹楼上爬了下来，用他们小小的身体把金色的瓶子团团围住。然后，他们齐心协力把瓶子扛到了小竹楼下面的空地上，并用手在地里挖了个洞，然后就把瓶子里的金药水咕咚咕咚地往里面灌，直到瓶子里滴水不剩。

"你们怎么把这药水全倒了呀？这可是我辛辛苦苦从喷泉小丁那里要来的呀！"

正在鲁卡纳闷的时候，竹叶小丁们突然拖着空瓶子全跑了，一个个捂着耳朵跳进了周围的木樨草丛中躲了起来。

"你们藏起来干吗？我又不是坏人，火车爷爷让我来……"

这回，他还没说完，就听到花坛里一阵噼里啪啦，好像有人往地上甩了一串火力十足的小炮仗。

原来，小竹楼前的花坛喝下了金色的药水，长出了一样东西，正是它在发出鞭炮声！

仔细一看，破土而出的是一个只有指甲盖儿大小的火车头，然后是一节连着一节的车厢，坐镇在无数个也只有指甲盖儿大小的圆轱辘上。

正是这些车轱辘拼命滚动着把土刨开，从地底下拖出来一辆全身披青带翠，还挂了一头新鲜露水的爆竹火车，虽然很迷你，但却热闹得很，噼噼啪啪声里送来一阵阵沁人肺腑的竹香！

更令人不可思议的是，冒出地面的袖珍火车还在不停地变大，仿佛一个人的骨骼在鲁卡的面前表演着一种有魔力的生长术，还伴随着骨节拉长和撑开自己的响声。

咔啦！咔啦！咔啦！

眼见才一节手指头那么高的迷你火车变成了一辆湿漉漉的花园小火车，竹青色的车身交错着鲜黄色的条纹，犹如黄金和碧玉镶嵌在一起的缎带。

每一节竹筒车厢上都垂着一面用竹叶斜织起来的小帘子，帘子底下有靠窗的座椅桌板，中间有过道，就和鲁卡坐过的真火车一个摆设！崭新的火车头呼哧呼哧冒着热气，一副蓄势待发的神气。

这时，小丁们又从花坛的木樨草里纷纷冒了出来，欢欢喜喜地围着小火车团团转，并往这辆车身上不停地泼水，把它洗得干干净净。

鲁卡这下明白了，原来爷爷要他为竹叶禾送的金色药水，是这辆爆竹小火车的肥料呀！想到这里，他拿起了手里剩下的两瓶药水，嘀咕起来：

"等等，等等，爷爷还嘱咐我一件事呢。谁能告诉我那个爱睡觉的小萝住在哪里？我得去叫醒她，否则来不及啦！爷爷说，我们都要坐这辆小火车！那个小萝应该就住在一个什么……什么葛金黄花园里。你们知道的话，能带我去吗？"

听完鲁卡的问题，忙着打扮小火车的小丁们面面相觑。还好，鲁卡想起了他的小车票，连忙从身上掏了出来，看看能不能帮上忙。

只见，车票上果然有些什么，那是一行他看不懂的字，全是打卷的线条，连在一起，好像一条长了很多抽芽的绿色条蔓呢！

鲁卡正打量着，车票忽然就从他手里跑了，一下子蹿到了小火车的头顶上。

小丁们也全都挤到火车头前面想看个究竟。他们一看到车票上龙飞凤舞的字迹，就开始叽里呱啦，朝着一个方向又指又点。

"你们，你们知道我要找的地方在哪里是吗？那就带我去吧！我一定要找到这个小萝呢！"鲁卡急切地恳求道。

竹叶小丁们好像完全明白了鲁卡的意思。

于是，他们拨开缜密的木樨草，示意鲁卡朝里面看。那里面露出一排排纤细瘦长的百子莲，托起一支支高高低低、层层叠叠的丁香花盖。它们好像很多个俏丽的小亭子，围成了一个圆圈，烘托出中间好多透明的蛋壳小房子，排列出螺旋的线条。这些线条勾勒出一盘盘兜兜转转的小街小巷，路上有路牌，有路名，俨然一个小小街坊。

鲁卡突然注意到在一株最高的百子莲上吊着一个花瓣做成的牌牌，他眯着眼睛一看，上面工工整整写着一行娟秀而清晰的小字：

"天南星路，黄金葛花园1号。"

（五）蛋壳小屋

找到了火车爷爷信上的地址，鲁卡非常高兴。可是，小萝究竟住在哪个小屋里呢？

鲁卡把半个身子都趴到了花坛里，小心翼翼地把脑袋钻进了百子莲花丛中，凑近去检查那些奇怪的蛋壳小屋。

蛋壳原来都是玻璃做的，所以全是透明的。

每个蛋壳房子里都有一个蚕豆大小的娃娃，裹在一条薄荷绿的纱巾里，只露出一个鹅卵形的脸蛋。

每个小脸蛋都还沉浸在梦乡中，水绿色的眼皮盖住了她们的眼睛，黄金葛小花园里一片起伏均匀的呼吸声。

虽然鲁卡实在不想打扰这些还在睡觉的娃娃们，但他还是得想个办法。

于是，他干脆用手指头敲击那些小蛋壳，并轻轻问道：

"嘿，你是小萝吗？"

没料到，蛋壳里的娃娃们居然依次醒了过来。她们睁开豌豆一样圆滚滚的眼睛，有礼貌地回答说：

"我不是小萝，我是小望。"

"我才不是小萝，我是小芋。"

"我也不是小萝，我是小肉。"

说完，她们又依次闭上眼睛，继续呼呼大睡。

鲁卡只能一个劲儿地挨个抱歉：

"真对不起，小娃娃！真对不起，一大早把你吵醒了！"

但他还得不断敲门，向那些不倒翁一样的蛋壳房子呼唤着：

"小萝在吗？小萝你在哪里？你是小萝吗？我找住在天南星路黄金葛花园 1 号里的小萝！"

吃了一个又一个闭门羹后，鲁卡的手指敲到了第四十六个蛋壳小屋。

这个小房子还真有些特别呢！

它比其他的蛋壳小房子都大一号，足足有两个鹅蛋那么大。而且，鲁卡还没敲门，这个蛋壳房子就自己震动起来，简直像是安了一个小马达！

鲁卡凑近一瞧，才发现那是里面的小娃娃在打呼噜，呼噜声可真不小，像海上一阵阵有力的波浪拍打在蛋壳小屋薄薄的外壳上。鲁卡又问了第四十六遍：

"嘿，你是小萝吗？"

这个小娃娃没有睁开眼睛。

"对不起！麻烦你可以醒一下吗，你是小萝吗？"

这个小娃娃依然没有任何反应。

"嗯哼……早上好！打搅你睡觉了！火车爷爷让我来找一个叫小萝的孩子，你叫小萝吗？"

这回，小娃娃的呼噜声在高音的地方突然刹住了车，但她的眼睛依然闭紧着，没有醒过来的迹象。

鲁卡刚准备耐着性子再问一遍，房子里的小娃娃突然打了一个大大的哈欠，嘴咧得和脸一样大，然后就吐出一声响亮的：

"爷爷——！"

这声音就像有人突然在大雾里撞响了一口小金钟，把鲁卡吓了一跳。

当他回过神来，不禁兴奋地摇晃起蛋壳小屋并喊起来：

"你是小萝？就是你吗？火车爷爷说的那个爱睡懒觉的小萝！就是你对吗？"

小娃娃还是没有睁开眼睛，但是她抿了抿一张樱桃小嘴，埋怨道：

"真讨厌！别动我的睡篮！我不是爱睡觉的小萝！我是像春天一样可爱的小萝！你是谁？我的爷爷呢？"

鲁卡一听，乐坏了，反倒把蛋壳小屋摇得更厉害了，并忙不迭地说：

"太好了，太好了！是火车爷爷让我来找你的。小萝，你快醒醒吧，我们一会儿要去坐火车呢！"

一听见"坐火车"三个字，小萝的蛋壳房子一下子就从地上蹿上了天，好像是从一根特别厉害的弹簧上跳起来的。

"坐火车喽！"

小萝欢呼雀跃，还在空中翻腾的蛋壳小屋一下子就哗啦裂成了两半。

鲁卡慌忙伸手去接小萝，一个围着黄绿色纱肩的小娃娃就活蹦乱跳地落在了他的手里。

她笑眯眯地伸了个懒腰，拉了拉自己的小胳膊小腿，一下子从鲁卡的手指缝里溜了出来，把他的手臂当滑梯一样玩耍。

鲁卡见状急忙把小萝捉了回来，对她说：

"等等！等等！你别跑！火车爷爷让我来叫醒你，等给你喝了绿色药水才能带你去坐火车！"

小萝一听"药水"两个字，小脑袋摇得像拨浪鼓一样，说什么也不肯。

她咧开嘴，露出一排淡绿色的小牙齿，朝着鲁卡的手就狠狠地咬下去，疼得鲁卡哇哇直叫。趁鲁卡松开了手，小萝就像一只顽皮的小松鼠，在鲁卡的身上玩起了逃跑游戏。

鲁卡去摸脖子，小萝就往他脑袋上跑；鲁卡去袖口里摸，小萝就从他衣领里钻出来；鲁卡甩裤脚管，小萝就沿着裤缝往上爬。爬呀爬，她干脆躲进了鲁卡的口袋里；鲁卡把手伸进口袋里，刚摸到小萝圆溜溜的脑门儿，小萝就泥鳅一样地扭来扭去，一不小心，把鲁卡放在口袋里的绿色水瓶和蓝色水瓶都打落在地。

两个瓶子掉在地上，摔了个粉碎，鲁卡和小萝见状都愣住了。

鲁卡很难过，他又气又急，觉得这下火车爷爷交代给他的事全砸了，眼泪都快掉下来了。

"小萝，你，你看！这是爷爷让我取来的，一瓶给你，一瓶给我，现在全洒了，怎么办？"

鲁卡正捶胸顿足，但全没想到一件奇异的事发生了。

（六）变大变小

从瓶子里流出来的绿色液体和蓝色液体居然克服了重力，向上流动起来。

它们仿佛是两株拔地而起的小嫩苗，攀登着看不见的悬梯，往上寻找着阳光和空气。更奇妙的是，绿色和蓝色的水柱好像受到了什么召唤，一心一意直奔着自己命中注定的方向。

那绿色的水苗朝着小萝游了过去。它依附着鲁卡的身体蜿蜒而上，像一根绳子轻轻套住了鲁卡口袋里的小萝，并一圈又一圈温柔地缠住了她。出乎意料的是，小萝仿佛被施了魔法，毫不抵抗，就好像被催了眠一样，任由这条绿色绳索摆布。

顷刻间，小萝就消失在了这条神奇的绿色水绳中，两者合二为一，迅速抽出一条不断加长变粗的鲜绿枝条。枝条像是个修长的舞台，站满了一排排卵形的叶片，淡淡朝阳的光辉透过它们水绿色的脸颊，能看到它们皮肤下奶绿色的叶脉！

鲁卡突然明白，小萝就是大家都喜爱的绿萝。妈妈也很钟爱绿萝，家里到处都是它们的身影。但是，他从没见过这样疯长的绿萝呢！横着，竖着，卷着，滚着，这株绿萝源源不断地吐着新枝和新叶。

不一会儿，这硕大的绿萝植被就把一大片花坛都围住了，并不断向上盘旋，好像一条青玉蟒蛇，覆盖着密密的素色鳞片。见不到尾，也见不到头，绿萝只是铆足了劲儿拼命往上长，还能听到从里面传来一阵阵笑声：

"坐火车喽！坐火车喽！快来呀！快来呀！"

难道，那是小萝的笑声吗？

还没等鲁卡来得及弄清楚，他发现自己的双腿正在一点点变成天蓝色，原来是另一条蓝色的水柱已从他的脚底爬了上来。

鲁卡觉得自己就像是他在妈妈的书案上见过的宣纸，尽情地吸收着蓝色的墨水，每一根纤维都贪婪地吸收着这奇怪的液体，不消一会儿，他全身上下就完全晕染了新的颜色。从手到脚，从指甲到胳膊，从胸口到肩膀，从嘴唇到鼻尖儿，天哪，自己时时刻刻变得越来越蓝了。鲁卡又害怕又激动，他不知道下一刻会发生什么。

更奇特的是，顷刻之间，鲁卡不仅眼看着自己全身都被染成了蓝色，还发觉自己正在迅速缩小，一下子就成了掉在地上的一个小不点儿。

周围的花坛突然变成了高不可及的城墙，那里面种植的各种花草成了一片片巨人般的森林，散射开一顶顶大大的树盖。而他原先拽在手里的那张绿色火车票，现在对缩小的鲁卡来说，变成了一张足够他伸开腿躺在上面的绿席子。

"怎么回事？我……我怎么了？我……还要去赶火车呢！"

此时此刻，变成了一个小不点儿的鲁卡对这意想不到的变化惊慌不已，一想到自己可能就要错过火车，他更是急得团团转。

就在这个节骨眼上，透过影影绰绰的花坛森林，升腾起一阵响亮的鸣笛声，正是从竹叶禾火车站那个方向传来的。

鲁卡正发愁，火车票突然飘动了起来，像一张会飞的草席托着鲁卡朝花坛中及时飞去。鲁卡真是太惊讶了，他一下子又从地板升到了花坛，在半空中可以俯瞰到花坛中的景象。

原来，自己正是回旋在竹叶禾火车站的上方，那辆爆竹小火车现在变得热闹非凡。头顶冒着白色的蒸汽，车轱辘跃跃欲试，车站上到处都是乘客小丁，穿着五彩缤纷的小衣服，怀抱着琳琅满目的食品，裹挟着各式各样的小行李，亲热地互相打着招呼，并有条不紊地排队上车。

更令人难以想象的是，刚才那株从小萝身上长出来的大绿萝已在竹叶禾火车站覆满了遍地新叶，为青竹小火车铺就了一条郁郁葱葱的植物轨道，仿佛一阵屏息静候的绿色小旋风，准备带着小火车冲向天上，腾云驾雾。

"嗨！嗨！太好了！等等我！等等我！"

看到这一切，鲁卡开始向着地面大叫，并像雨刷一样使劲儿挥起了手，令所有的小丁都惊讶地抬起了头。当他们看到鲁卡时，眼睛都笑成了一弯竹叶，也向他热情地挥起了手。

火车票慢慢飘落到地面，小丁们把鲁卡从地上扶了起来。鲁卡这才发现，自己竟然变得和小丁们一般大了。原来看上去很袖珍的那辆小火车现在却显得很高大，自己正好坐得进去！

（七）小小列车长

"呜呜呜……"

小火车一声长鸣，还停留在站台上的小丁们连连准备上车，鲁卡也排在了其中。每一节车厢门口都有一个检票员小丁，他拿着一枚小小的印章在每张车票上都盖了一个青青的小竹印。

当鲁卡把那张对他来说像夏天草席一样大的绿车票卷了卷交给检票员的时候，检票员小丁疑惑地抓了抓脑袋，叫来其他小丁一起来检查。

他们非常认真地趴在车票上看了半天，突然恍然大悟地叫了起来。当他们站起来时，都纷纷向鲁卡致敬，然后簇拥着他离开了火车厢，向火车头走去。

鲁卡稀里糊涂地被小丁们抬进了火车头，里面有一台怪模怪样的机器冒着热气，鲁卡觉得很像自己在书本里看到的蒸汽机呢！

他上前一看，却发现机器不是金属做的，摸上去像一个大树根，敦实厚重，盘根错节，并且咕嘟咕嘟地发出响声，听上去像有很多水在流动。

从这个大树根机器的各个角落缝隙里还伸出来很多黄绿色的树瘤，就像一个个大鼻子，但摸一摸才发现，这些鼻子下面连着树枝，可以像杠杆一样摇来动去。

正在鲁卡纳闷的时候，小丁们又拥进了火车头，他们开始打扮起鲁卡。有的给他梳头发，有的给他戴帽子，有的给他穿制服，有的给他擦鞋子，还有一个递给他一面镜子。鲁卡朝镜子里一看，哎呀，自己摇身一变，变成了一个神气的小火车司机！原来，小丁是让他来驾驶这列火车的！

小丁们一会儿又把那张卷起来的绿色火车票恭恭敬敬地送到了他手里。鲁卡打开一看，车票上浮现出一张绿色的图纸，画的正是他面前的这个树根蒸汽机。他一边仔细查看图纸，一边喃喃自语：

"回动 1 号绿鼻子手把，鸣笛！"

"拉动 2 号绿鼻子，向全体乘客问好！"

"往下拉动 3 号、4 号、5 号绿鼻子，打开气阀，推动活塞，准备火车启动！"

"向右拉动 6 号绿鼻子，车轮顺时针前进！"

"向左拉动 7 号绿鼻子，车轮逆时针后退！"

"拉动 8 号绿鼻子，轨道准备！"

此时，一个熟悉的声音从车窗外传来，像小喜鹊一样报信：

"轨道准备好了，可以开动小火车了吧，鲁卡列车长！"

鲁卡抬头一看，那不正是调皮的小萝吗？她肉肉的小鼻头贴在驾驶室的大玻璃窗上，被曼妙的绿萝叶片环抱其中，好像一团松绿的火焰在燃烧，把整个火车头都烧得热烘烘的。

正好，驾驶室里的一个闹钟突然自己响了，鲁卡一看，那钟面上正指着：6：06。

一道蜂蜜色的阳光射进了车窗，捎来竹叶的清香、花草的甜香和一车子小丁乘客们不绝于耳的嗡嗡声。

鲁卡激动极了，他就要开动小火车出发啦！

"1 号、2 号、3 号、4 号、5 号、6 号、7 号、8 号绿鼻子，准备就绪啦！"

这是鲁卡作为小小列车长和火车司机发出的第一道命令。

随着这道命令的响起，竹叶禾火车站的小火车终于出发了！它踩着绿萝用美丽的叶片和无限伸长的蔓条交织而成的绿色轨道，沿着薄如蝉翼的雾霭晨光在空中架起的丝路，雀跃而敏捷地扶摇而上，像一阵强大的龙卷风一样，搅动了鲁卡的整个世界。

（八）空中花园

小火车沿着绿萝的轨道向上行驶。

风声，风声，还是风声，就像鲁卡控制不住的呼吸。

小火车不可思议的快，树根蒸汽机全力以赴地工作，鲁卡正带领小丁前往一个他无法预期的目的地。

可是，他丝毫不害怕，一切奇怪的事情都因为妙不可言的感觉而不再奇怪，比如火车爷爷家的屋顶并没有被捅破，房子好像在不断地长高长大，小萝制造出漩涡一样让人不停旋转却不会转昏头的轨道，以及竹子火车在轨道上运行时发出的叮咚叮咚声，像泉水敲打山石溅起的乐音。

原来，驾驶小火车就好像驾驶自己的身体一样，能听到喘息、出汗、心跳和血液沸腾的声音，皮肤上能感到和风的摩擦，就像一根火柴"嚓"地点燃后，会生出一团铆足了劲儿的小火苗，一直往前冲。

　　路上越来越亮，亮得好像四处都是清澈的镜子。

　　四周是空的，但是似乎又有什么看不见的东西，无处不在。

　　行驶了不多久，鲁卡就看见远远有一扇门，悬在半空。他揉揉眼睛又看一遍，门更清晰了，有着贝壳一样的弧线，在空中划出一个对称的形状。

　　"9号，9号，9号火车闸绿鼻子注意了！放慢速度，放慢，再放慢！"

　　鲁卡对小火车下起了命令。

小火车真的放慢了脚步，从一匹奔腾的小竹马变成了一匹慢慢溜达的小矮马，轨道上的车辖辘声冷清下来，仿佛小股的水流缓缓滑过已被磨圆了的石面。

那扇门也仿佛有感应，随着小火车的接近慢慢敞开了自己。小萝温柔地收敛起自己的叶片，如同一条绿色的小青蛇轻松地把小火车领进了门，为它铺好最后一截轨道。

门里的世界，令鲁卡大吃一惊。

遍地是无穷无尽的小丁，像成群结队的蚂蚁在分工合作一项庞大的任务。

那是一张巨大的没有边际的花毯，每一个小丁都在穿针引线，忙碌地缝着手中的一小块花布头。

每一块布头的图案都不同，上面是一朵独一无二的小花。一朵挨着一朵，一朵挨着另一朵，一朵朵挨在一起，像大海一般挨成了茫茫一片，缝出了一片海洋般的花园。

鲁卡正诧异眼前的景象，火车上的小丁已纷纷下了车。他们和园子里的小丁互相寒暄。令鲁卡意外的是，他突然听懂了小丁们说的话。

"好呀！一路辛苦了！"

"你们好，不辛苦，一年才来一次，盼了一年了！"

"你们是哪个地方来的？"

"我们打竹叶禾火车站来的。"

"竹叶禾？太好了，就等你们了，没有绿色的花边可就不像样了！"

"是啊是啊，只有花没有绿叶就会走样，全是花的花毯子可有点儿太热闹了！"

"太好了，太好了，麻烦快些拿来吧！我们等得眼睛都快看花了啊！"

"行，行，我们就去拿！"

说完，竹叶小丁们回到了小火车旁，在轨道上采集着大大小小的绿萝叶子。

每个人在采叶子前都会说："谢谢小萝，你忍一下哦！"

每一次有人采了一片绿萝叶，鲁卡都好像听到小萝咯咯地笑着说："痒痒痒！痒痒痒！"

竹叶小丁们带着采来的绿萝叶加入了其他小丁的队伍，在那张硕大的花毯上一针一线缝上了绿叶，令一片琳琅满目的彩色图案开始有了一抹抹清新的绿色轮廓，是让人心神向往的雨后竹林一样的绿色。

鲁卡看着满地耕作花毯的小丁，连忙问道："请问，我也可以帮忙吗？"

一心沉浸在工作中的小丁们抬头看了看他，问道："你是谁？"

还没等鲁卡回答，地里就有竹叶小丁替他回答说：

"他是鲁卡，我们的客人！也是我们的列车长！"

听到这样的回答，发问的小丁们喜笑颜开，连连说：

"欢迎你，鲁卡！欢迎！你是我们的客人哪！请便，请便！"

于是，鲁卡也加入了小丁的队伍。

和大家一样蹲在地里耕作的鲁卡这才发现，小丁是拿自己的手指头在毯子上绣花缝叶的，他们人虽小，手指却又细又长，绿盈盈的，还能弯过来折过去，无比灵活。

于是，鲁卡也尝试着用自己的手指头来做活，没想到，他的手一沾上这张神奇的花毯，手指头立刻就变绿了，也能够像一根细巧的银针一样在花叶间穿梭自如，得心应手地工作起来。

不一会儿，鲁卡就完全投入了自己的新工作。这张花毯仿佛一块巨大的磁贴，牢牢地吸引着不停耕耘的小丁。大家一直缝啊缝，缝到天都黑了。天黑了，鲁卡和所有的小丁都停下了手边的活儿，钻到花毯子下面，盖着被子睡着了。

（九）醒来

一觉醒来，春天来了。

鲁卡爬了起来，完全不知道自己这是在哪里。

一眼望去，只有铺天盖地的花和绿叶缠绕着他，拥抱着他的头发，从他的手指缝里挤出来，从他的裤脚管里钻进去，又从他的袖子里冒出来。他的纽扣里全都是绿萝蓬勃的绿叶，亮得好像可以燃烧起来的菜油，点缀着一丝丝金色的斜角花纹。

他摘下一片，拈在手里，觉得它的样子是多么可爱。

远方，传来鸣笛声。

"呜呜呜……呜呜呜……咔嚓咔嚓咔嚓……咔嚓咔嚓咔嚓"

一辆竹青色的小火车从弥漫在花海叶林的薄雾里驶来，越来越近。

车头有一个人影向他挥手，并大声叫着他的名字：

"鲁卡，鲁卡，火车来了，该回家啦！"

鲁卡一下子认出了那人。他在一片花样的春色里向前方跑去，一边喊着：

"火车爷爷！火车爷爷！我来了！"

火车爷爷把鲁卡带回了家。

不仅如此，火车爷爷还把很多孩子带回了家，向他们打开了自己的家门。

在那里，孩子们看到无数辆小火车自由自在地穿梭在一个种满各种花卉的神奇花园里。他们追逐着小火车，和花坛里的小丁们一同呵护和养育着这个美丽的花园，还和鲁卡一样，偶尔喜欢去敲打敲打那些蛋壳房子的小门，给里面睡不醒的娃娃们偷偷带去好喝的绿色弹珠汽水，好让她们早点儿起床。

鲁卡在火车爷爷的房子里做着梦，梦想有一天自己也能造一个跑满了小火车的花园，开着火车一起带着小伙伴去看一看那片无处不在的春天。

（完）